後藤愛依梨
GOTO AIRI
吉田の上司で長年の
片想いの相手。
一度吉田を振った
ことがある。

contents

ひげを剃る。そして女子高生を拾う。
Another side story 後藤愛依梨 上

しめさば

角川スニーカー文庫

23165

口絵・本文イラスト／ぶーた
口絵・本文デザイン／伸童舎

プロローグ ―― 後藤愛依梨の歴史 ――

「後藤《ごとう》はさ、頭がいいよね」

そんなことを〝彼〟に言われた時、私は面食らうばかりで、まともに返事ができなかった。

「え？　なに、嫌味《いやみ》？」

しばらくの沈黙《ちんもく》の末、私が半笑いで出力したのは、そんな言葉だった。本当は、「どういう意味？」と訊《き》きたかったのに、なぜか、そう言っていた。

彼……高校時代の親友、岸田遼平《きしだりようへい》は、いつものように、窓際に設置された古めかしい大型ガスストーブの上に腰掛《こしか》けていた。

彼は成績優秀《ゆうしゆう》、眉目秀麗《びもくしゆうれい》……と、文句のつけようのない〝高スペック〟な人間だ。それを鼻にかける様子もないから、クラスのまとめ役として、大変信頼《しんらい》されている。

そんな彼から、「頭がいい」と言われて、私の頭の上にはクエスチョンマークが大量に浮《う》かぶようだった。

私はお世辞にも頭がいいとは言えない。勉強時間は真面目《まじめ》な生徒に比べてずっと短いし、そんなだから、成績もいつもクラスの中では中くらいよりちょっと下だった。学年全体で見ても、同じくらい。

私が首を傾《かし》げるのに、遼平はくすりと笑って、首を横に振《ふ》る。

「学力の話をしてるんじゃないよ」

「だとしても、私は頭良くないよ」

「そうかな。そうは思わないけど」

遼平は流し目で私の方を見ながら、口ずさむように言った。

「なんていうかさ……何事も上手にやってるじゃない。人生の取り回しが上手《うま》いっていうか」

彼の言っている意味が、私にはよく分からなかった。なんだか褒《ほ》められている気もしなくて、眉《まゆ》を寄せてしまう。

「何事も、ってなによ。成績もあんま良くないし、部活だって、パートリーダーになれないし」

私は吹奏楽部《すいそうがくぶ》に入っていた。担当楽器は、フルート。とはいえ、練習量はそこそこで、パートリーダーになれるはずもなく、コンクールの選抜《せんばつ》メンバーに選ばれたためしもない。なんとなく楽器を弾《ひ》く人に憧《あこが》れて始めて、そこからは惰性《だせい》で続けているだけだった。

勉強については、言わずもがな。部活をしながら勉強も頑張《がんば》るほど活力に満《み》ち溢《あふ》れてはいなかったし、将来の目標なんかもない。特に、頑張る理由が見つからないのだ。

「んー……そう言いながら、フルートの練習もそれなりにやって、テストだっていつも同じくらいの順位を保ってる。〝いつも同じくらい〟頑張るって……才能だと思うんだよなぁ」

遼平はさらりとそんなことを言ってのけるけれど、彼だって、いつもテストでは同じような順位を取り続けている。いつも、上位三位以内。

こればかりは、「それは嫌味じゃん」と思ってしまった。そんなことを言えば角が立つと分かっているから、口には出さない。

「もっと自信持ったらいいのに、って……いつも思うよ。君はよく『自分にはなんにもない』みたいな言い方するから」

「事実だもん」

「いつも同じところに立っているのだって、努力だと思わない？」

「思わない。適度に怠《なま》けてるだけ」

「ほら、〝適度に〟って言った。その〝適度〟を正確に測れるのが、君の強みだよ」

遼平はそう言って、爽《さわ》やかに笑った。

私は、むず痒《がゆ》い気持ちになる。

褒められること自体は、嫌《いや》なわけじゃない。でも……それを素直に受け取れないのは、やはり相手が遼平だからだろう。

彼はいつだって努力を続けていて、来年度には海外に留学してしまうというのだ。あまりに、手の届かない存在。私と仲良くしてくれている理由すら、分からない。

「それに、後藤はなんというか……他人を惹《ひ》きつける魅力《みりょく》があるよね」

「はぁ？　なにそれ」

私があからさまに顔をしかめるのを見て、遼平は鼻の頭をぽりぽりと掻《か》いて、言う。

「なんだろう……上手く言えないけど。とにかく君は、何をしててもサマになってて、美しいというか。実際、結構モテるじゃないか」

「さっきからなに？　からかってんの？」

「からかってないよ。褒めてるんだって」

「褒めなくていい」

「だって君は自分を褒めないから」

遼平の遠慮《えんりょ》のない眼差《まなざ》しが私を捉《とら》える。居心地《いごこち》が悪い。

確かに、彼の言うように……私は、一般《いっぱん》的に言っても結構モテる方だと思った。

高校に入ってから、もう二桁《ふたけた》回数ほどは男子から告白されている。正直、私には恋愛《れんあい》というのがよく分からなかったので、すべて断ってしまったけれど……。

色恋《いろこい》に憧れがないわけじゃなかった。クラスの女子の間で話題になっていた少女漫画《まんが》なんかを読んで、ドキドキしたりも、した。

でも、その〝色恋〟の中心に立つのが自分だと想像した瞬間《しゅんかん》に、なんだか、冷めてしまう。

私のような主体性のない人間が、誰《だれ》かと一緒《いっしょ》にいて、親密な仲になっても……何も起こらないような気がしてしまうのだ。

勉強も、そこそこ。部活も、そこそこ。

きっと、恋愛だって、そこそこだ。

他人との〝適度〟な距離《きょり》を測ろうとして、近づくことも、遠ざかることもせず、ただただ時間を浪費《ろうひ》するような気がするのだ。

それに……そんなことを言う遼平だって、めちゃくちゃにモテていることを、私は知っている。

放課後に彼と話している途中《とちゅう》に、顔を赤くした女の子がやってきて、二人で屋上へ向かう姿だって、見たことがあるくらいだ。

やっぱり……嫌味じゃないか、と、思う。

「後藤はさ……恋人《こいびと》作る気はないの？」

遼平に訊かれて、私はぽかんとした。

自明のことのように答える。

「その気があったら、とっくに誰かと付き合ってる」

私が答えると、遼平はくすくすと笑った。

「じゃあ、恋愛には本当に、興味ないんだね」

「興味ないっていうか……他人のことをそういうふうに〝好き〟になる気持ちが、よく分かんなくて」

「ふうん……そっか、そっか」

遼平は感情の読み取りにくい温度感で何度も頷《うなず》いた。

そして、言う。

「ま！　いつか、そういう相手が見つかるといいね」

いつものような屈託《くったく》のない爽やかな笑みと共に放たれたその言葉。

私はそれを受け取って、心のどこかで、「そんな日は、多分来ない」と、そう思った。

「僕もアメリカに行ったら、向こうでブロンドヘアーの美人な彼女を作るよ」

「いいね。もしそうなったら、写真送ってね」

そう答えながら、私はそんなものを送らないでくれ、と、思った。

あの頃《ころ》から、私は〝イヤな女〟だった。そういう自分を、他に見せないように、上手く取り回していただけだ。

そして今思うと……多分、あの会話は、彼なりの、私へのアプローチだったようにも、思う。

当時は何も気付いていなかったし、もしかしたら勘違《かんちが》いかもしれないけれど……なんとなく、そうだったんじゃないかと思うのだ。彼が私の色恋について言及《げんきゅう》したのは、あれが最初で最後だったから。

惜《お》しいことをした……と、思わないでもない。でも同時に、あれで良かった、という気持ちもある。

遼平のような〝完璧《かんぺき》な人間〟が私の隣《となり》にずっといることを考えたら、苦しい感情ばかりが湧《わ》き上がる。劣等《れっとう》感ばかりが募《つの》っていくのが、想像に難《かた》くない。

そんな会話をして帰ったその日、私は、唐突《とうとつ》に家出を決意した。

人間として憧れていた遼平から突然《とつぜん》「留学する」と告げられ……その上、「後藤は頭がいい」だなんて、どういう気持ちで言っているのかも分からない発言をされて……。

なんだか急に、主体性のない自分が嫌になったのだ。

彼の思う〝私〟でいることに、反抗《はんこう》したくなった。

すべてを『そこそこ』で取り回していると評されることに、ささやかな憤《いきどお》りを覚えた。

その感情の発露《はつろ》の仕方が〝家出〟だったのはあまりに若気の至りだったけれど……あの経験は、私に大切なことを教えてくれた。

それは……後藤愛依梨《あいり》という人間に、『自主性』などというものは一切ない、ということだ。

＊

「君は賢《かしこ》いのか、そうじゃないのかよく分からないね」

家出した私にひと時の宿を与《あた》えてくれた鈴木《すずき》さんは、ある日、リビングでコーヒーを飲みながら、そんなことを言った。

「……えっ？」

間抜《まぬ》けに声を上げることしかできない私に、彼は柔和《にゅうわ》に微笑《ほほえ》みながら、言う。

「話していると、とてもしっかりしている。高校生なのに、足が地についているとも感じる。いろいろなことを計算できているように、見える。そんな君が、家出なんかをしてるこの状況《じょうきょう》が、不思議なんだよ」

鈴木さんは塾講師《じゅくこう》だ。結婚《けっこん》していて、奥さんと二人の子供がいる。

そんなしっかりとした〝大人〟に、こうもまっすぐと褒められると、不思議なこそばゆさがあった。

でも、彼の口調は、少しばかり、私を窘《たしな》めるような成分を含《ふく》んでいるようにも思えた。

「最初は、親に虐待《ぎゃくたい》とかされているのかな……なんて考えたりもした。でも、君は大人に怯《おび》えている様子がない」

「は、はい……そんなことは、されてないですけど」

「じゃあ……どうして、家出なんて？」

その問いに、私は言葉を詰《つ》まらせてしまう。

そういえば、もう二週間も彼の家に住ませてもらっているというのに、こうして家出の理由を訊《き》かれたのは初めてだった。

きっと、気を遣《つか》われていたのだ。

こうして言葉にされて初めて、そんな当たり前なことに気付く自分が、恥《は》ずかしかった。

「え、えっと…………なんだろ」

私は視線をせわしなくうろうろと動かしながら、言葉を探す。

「き、急に……全部が嫌になっちゃったというか……」

「全部？　全部ってなんだろう。良かったら話してみてよ。一つずつ」

土曜日のお昼だった。

奥さんは二人の子供を連れて、公園へ遊びに行っている。

リビングには私と鈴木さんの二人きり。時間はたっぷりあって、逃《に》げ場《ば》がない。

お世話になっているのだから、すべてを話した方がいい。そう思った。

だというのに、なぜか、心の内を話そうとすると、言葉が出ない。彼の求めている答えの中には、私が直視したくない、私自身の醜悪《しゅうあく》さが含まれているように思えた。

それを話すのが、嫌だった。

「ほ、ほら……勉強とか、部活とか……そういうの」

私は、おどおどしながら、心の浅い部分をなぞるように、言葉を出力した。薄《うす》っぺらくて、意味のない言葉。

「他人から期待される？　自分でいることとか……なんか、全部そういうの、嫌になっちゃって……あはは……」

誤魔化《ごまか》しでしかない言葉を吐《は》き出していると、なんだか嫌な汗《あせ》をかいていた。鈴木さんが真剣《しんけん》な表情で私の話を聞いているのが、嫌だった。すべてを誤魔化していることがバレているんじゃないか、という不安に取《と》り憑《つ》かれる。

「君は、期待されてたんだね。それは誰から？　親から？　それとも友達から？」

「えっ……と……」

答えようとして、言葉に詰まる。

誰から期待されているの？　という質問に、戸惑《とまど》う。

他人から期待される自分を体現しようとしていた。それは、嘘《うそ》じゃない。

でも、その〝期待〟が誰から向けられたものなのか、と……そう問われると、分からなかった。

少なくとも、今は。

目の前にいるこの人に、失望されたくなかった。

「いろんな人から……ですかね？　なんか、私……結構、いろんなことを上手くやれちゃうので」

「そうだろうね」

「だ、だから……そういう人であり続けなきゃいけないな～、みたいな」

遼平から「頭がいい」と言われて、とてつもない違和感《いわかん》を覚えたくせに、今はその言葉を免罪符《めんざいふ》に、私は鈴木さんに対して見栄《みえ》を張っていた。

何を言っているんだ？　と、焦《あせ》る。

鈴木さんはしばらく、感情の読み取れない、柔《やわ》らかな表情を浮《う》かべながら、私を見つめていた。緊張《きんちょう》が、続く。

そして、彼は、穏《おだ》やかに言った。

「その悩《なや》みは……家出なんてしなくても、解決すると思う」

鈴木さんの言葉に、私は息を呑《の》む。

その続きを、聞きたくなかった。でも、彼は、優しく……そして、無慈悲《むじひ》に、言葉を続けた。

「君自身が、自分に自信を持つことだ。自分の魅力《みりょく》を認めることだ。他者から期待される自分じゃなくて、確固たる自分を見つけることだ。もし見つからないなら、それを……探すことだ」

鈴木さんは一度そこで言葉を区切って、柔らかく微笑む。

「……そのための時間は、たくさんあるよ」

それから、おずおずと手を伸《の》ばして、私の頭を優しく撫《な》でた。

私は……何も言えなかった。

見透《みす》かされていると思った。

私の主体性のなさ。そして、そこから来る、自信のなさ。

私が本当は何の目的もなく、なんとなく家出をしたことも、バレていると思った。それを隠《かく》すように言葉を重ねたことも、すべて。

悔《くや》しくて、情けなくて……恥ずかしかった。

そう思いながらも、私はこの人のことが好きだと思った。

ありのままの私を見つめ、諭《さと》してくれる存在に、心酔《しんすい》していた。

でも、気持ちを伝える勇気など、ありはしない。その後のことを考えるだけで、胃が痛くなるから。

彼には特定の相手がいて、子供もいて……。そもそも、私の恋心《こいごころ》に応じてくれるはずなどなかった。もし彼が私を選んでくれるとして、その後に待っているのは、この温かな家庭の崩壊《ほうかい》だ。考えるだけでも、恐《おそ》ろしい。

そうして、ぐずぐずと醜《みにく》く膨《ふく》らんでいく倒錯《とうさく》した恋心を抑えつけながら一か月を過ごし……私は果たして、何も為《な》すことなく、鈴木さんの家を後にした。

家に帰り、親に人生で初めての平手打ちをされ、担任教師にも大変怒《おこ》られて、私の家出生活は幕を閉じる。

学んだことは……『私には何も成しえない』ということ。

生まれて初めて勢いに任せて行動してみても……結局できたのは、優しい大人の家に上がり込み、暢気《のんき》に非日常を味わうことだけだった。

何かが変わったなんてこともなく、私は、自分の無力さだけを味わった。

そして、改めて、遼平の言葉を思い出す。

私は、きっと、頭がいい。

彼の言った通りだと思った。

何をするにも、その先のことを考えていた。続く道をぼんやりと見通し、そこに転がるリスクを見つめていた。そして、決して転ばない道を選ぶのだ。

そんな自分に嫌気《いやけ》が差しているというのに……そのやり方を変えることができない。

私は、私の人生を〝上手く取り回している〟に過ぎない。

だから、これからも……そういう人生を続けていくのだ、と。

後ろ向きなのか前向きなのか分からない腹の括《くく》り方をした。

＊

「なあ、愛依梨？」

「うん？」

「今日は、さ…………いいかな？」

大学でできた彼氏の家で宅飲みをしたある日、たっぷりと期待の籠《こも》った顔でそう言われて、私はスッと酔《よ》いが醒《さ》めていくのを感じた。

「いいって……何が？」

私は、訊いた。彼が期待していることなんて分かっているのに。

彼は少し困ったように視線を泳がせてから、答える。

「ほら、俺たちもう二か月もさ、付き合ってるし」

「ふふ、二か月って長いのかな？」

「ど、どうだろう……一般《いっぱん》的なことは知らないけど。でも、結構仲良くなったと思わない？ ほら、前は家に誘《さそ》っても来てくれなかったしさ」

「それはタイミングの問題だよ。来たくなかったわけじゃない」

「だ、だったらさ……ほら……そろそろ、さ」

「なに？」

私は持っていたチューハイの缶《かん》を置いて、彼を見つめる。

ごくり、と唾《つば》を飲んで、彼が言う。

「……愛依梨のこと、抱《だ》かせてほしい。その……好きだから」

好きだから、と、まっすぐ言われて。心が動かなかったわけじゃない。

そんなふうに言ってもらえるのは嬉《うれ》しい、と、思わないでもなかった。

でも。

どこか冷めた心で、考える。

私は……この人のことが本当に好きなのだろうか？

ゼミが一緒《いっしょ》になり、たまたま隣《となり》の席に座り……彼に話しかけられた。

それからそのゼミのたびに隣に座り、会話することが増え……ご飯に誘われて、日々を積み重ね、告白された。

そろそろ、恋愛《れんあい》というものをしてみたい、と、思っていたから、私はその告白を受け入れた。

彼と一緒にいるのは楽しかった。

いつも私に気を遣ってくれて、心地《ここち》いい距離感《きょりかん》を意識してくれていた。キスをしたのだって……ついこの前のことだ。

でも、やっぱり。

この人との日常は、どこか……他人事《ひとごと》だった。

他人の恋愛事情を眺《なが》めているような気分になるのだ。そこに自分の気持ちが乗っかっているという感覚がない。

「ダメ……かな。あの……い、急ぐ気はないんだ。嫌《いや》だっていうなら、愛依梨がしたくなるまで、待つよ。でも、今までちゃんと訊《き》いたことなかったから」

彼は、慎重《しんちょう》に言葉を選んでいる。とても、優しい。

あくまで私を第一に考えて、欲求《よっきゅう》ばかりを前面に出さぬようにしてくれているのが、分かる。

じゃあ……いいか。

そう思った。

別に実感などなくても。こうして大切にされているうちに、だんだんと、この人のことを心から好きになれるかもしれない。

自分の恋愛を、できるかもしれない。そう思った。

「…………嫌、じゃ、ないよ？」

私が言うと、彼の表情に緊張が滲《にじ》んだ。

「じゃ、じゃあ……いい？」

彼のその切実な問いに、私はこくりと首を縦に振《ふ》った。

それからは……なんだか、緊張する時間が続いた。

おずおずと彼が私にキスをして、私もそれに応じる。

少しアルコールくさい唇《くちびる》同士を合わせて、舌を絡《から》めたりして。そうしていると、だんだんと、興奮してきた。ディープキスってこんな感じなんだ、と、思った。

思えば、私はこの人としかキスをしたことがない。

ゆっくりと服を脱《ぬ》がされて、彼が優しく私の身体《からだ》に触《ふ》れる。

「や、やっぱり大きいね……」

胸を見つめられながら彼にそう言われて、少し恥《は》ずかしかった。

「い、嫌？」

「ううん、そんなことないよ。綺麗《きれい》だ」

「そ、そう……なら、良かったけど」

胸が大きくて良いことなんて一つもなかったけど、それが本当に女性的な魅力となるのだったら、便利なものだと思った。そして、そんなことを考えている時点で、私はこの行《こう》為《い》に乗り切れていないような気がして、少し、冷める。

しかし不思議なもので、彼が興奮気味に私の身体のあちこちを触《さわ》ったり舐《な》めたりするうちに、身体が火照った。多分、人間の身体はそういうふうに出来ているのだ。なんとなく、興奮している気がした。

「あ、あんまり、濡《ぬ》れてないね」

困ったように、彼が言う。

興奮しているような気がしていたのに、私の秘部はちょっとぬめる程度だった。

「き、緊張してるのかも……」

私がぎこちなく答えると、彼は「そうだよね」と何度も頷《うなず》いて、私のそこを丁寧《ていねい》に舐めた。

くすぐったくて、なんだか気持ち悪い。必死に私を舐める彼は少し間抜《まぬ》けに見えて、それもなんだか、微妙《びみょう》な気持ちだった。

「じゃ、じゃあ……いいかな？」

彼が下着を脱ぎ、そう言うのに、私はこくりと頷く。

彼は緊張した面持ちで、彼の性器を私のそれにくっつけた。

そして、言う。

「……嬉しいな。君とこういうことできるの」

その言葉を聞いた時に、私の中で明確な違和感《いわかん》が生まれた。

嬉しい。

その言葉が、私の心の表面をなぞり、そのまま、滑《すべ》り落《お》ちていった。

彼が私に挿入《そうにゅう》しようとする直前で、私は手を伸《の》ばし、彼のお腹《なか》をぐい、と押した。

「ごめん…………」

「え？」

彼の瞳《ひとみ》が揺《ゆ》れた。心苦しかった。

でも、気付いてしまったからには、このまま続ける方が不義理だと思った。

「……やっぱり、そういう感じじゃないかも」

「……っていうのは」

「……私、あなたと、こういうこと、したくないかも」

私がそう言うと、彼は心底傷付いたような顔をした後に……どこか寂《さび》しそうに笑った。

「……うん、そうだと思った」

「……ごめんなさい」

それからは、二人とも言葉少なだった。

ゆっくりと服を着て、別れ話をして、私は彼の家を出る。

……彼に「嬉しい」と言われて、気付いた。

私は、なんだか一つの儀式《ぎしき》のように、彼との行為をこなそうとしていた。

そこに、なんの幸福感も覚えていなかった。「こんなものか」という気持ちの連続。嬉しさなんて微塵《みじん》もなかった。

私は、彼のことなんて、好きじゃないのだと分かった。

そして……ここで身体を許したら、その後の関係が難しくなる。と、そんなことを考えてしまった。

その時点で、もう、これは恋《こい》じゃない。

帰り道、私は静かにすすり泣いた。何が悲しいのか分からない。少なくとも、彼と別れたことではなかった。

あのまま身体を重ねて、〝愛の行為〟を形だけでも終えたら……何かが変わったかもしれないのに。

それでもやはり、私は先を想像して、萎《な》えてしまった。

そんな自分が……大嫌《だいきら》いだった。

もう自分の醜《みにく》い部分と向き合うのにも、疲《つか》れてしまった。

私には恋愛は無理だ、と……そう思った。

＊

「僕、起業しようと思うんだけどさ」

大学三期生の暮れ頃。就職活動の真っただ中。

同じ研究室だった祠堂司《しどうつかさ》に突然《とつぜん》そう言われて、私は面食らった。

「き、起業……？　一緒に就活してたじゃない。どうしたの、急に」

私が不必要に何度もまばたきをしながら訊くのに、司はくすりと笑う。

「前から考えてたんだよ。ほら、僕……あんまり他人の言うことに従うの好きじゃないし」

あっけらかんとそんなことを言う彼に、私はただただ困惑《こんわく》した反応を返すことしかできない。

「いや、だからって……起業って……お金だって、ある程度は必要でしょ？」

「貯金は二千万円くらいあるんだ」

「はっ？　あなたバイトもしてないでしょ。なんでそんなお金が……」

「FXだよ。最初は暇《ひま》つぶしに、毎日昼食代くらいは稼《かせ》いでみるか～みたいな感じでやってたんだけどさ。ちょっとずつコツを掴《つか》んで、この前結構大きく利益を出せたんだ」

「に、二千万も……？」

「うん、そう。面白いよね。物の価値は常に変動するんだ。それを見極めて、手に入れたり、手放したりする。これって、なんだか社会そのものって感じがしない？」

そう言いながら薄《うす》く目を細める司は、なんだか別世界の住人のようだった。

司は私の一つ年上だ。去年、留年したらしい。理由を訊いたら、今の恋人《こいびと》に振り向《む》いてもらうために必死になっていたら単位を落としまくっていた……ということらしい。

どこか浮世離《うきよばな》れした彼はいつもどこか掴みどころのない雰囲気《ふんいき》をまとっていた。私に対してもつかず離《はな》れずの距離《きょり》で、必要以上にプライベートに踏《ふ》み込んで来ることはしなかった。そんな関係が心地よくて、私は彼と仲良くなっていったのだが……。

まさか、彼がそんな儲《もう》けを出して、しかも起業の計画を立てているだなんて、私はまったく知らなかった。

「な、なんの会社を作る気なの……？」

「そりゃ、ＩＴだよ。それしか分からないし」

自明のことのように司は答える。私たちの所属しているのは情報工学学科だ。私がそこに入ったのは、なんとなく、食いっぱぐれなさそうという理由だけだったけれど。

「システムを作るんだ。委託《いたく》を受けて、ね。顧客《こきゃく》に合わせて、求められているものを作る。社会が求めるものは常に変わる。だから、常に変化するニーズに合わせて、作るものを変えられる会社を作る。そうしたら、割と安泰《あんたい》だと思うんだ」

「いや、でも、そんなに上手くいくとは思えないけど……」

「ふふ、愛依梨は心配性だからね。でも、上手くいかなかったらその時はその時でしょ」

司はそう言って、両手をパッと開いてみせた。

「上手くいかなかったら、手放すだけだよ」

「……」

眩《まぶ》しいな、と、思った。

いつも考えていることが読めない司は、私から見たら、いつもふわふわとやるべきことを機械的にこなしているように見えていた。

でも、その裏で、こんなにも野心的なことを考えていたのだ。

いつだって……こういう人が、新しいものを生み出していくんだと思う。

それは、私にはない素質なのだと、知っている。

「本気で言ってるなら、応援《おうえん》するよ」

にこりと笑って、私は言った。直感でしかないけれど、司の運営する会社は上手くいくような気もした。

私がそう言うと、司は嬉《うれ》しそうに微笑《ほほえ》む。

「愛依梨が強く止めないってことは、いけるってことなのかもね」

「どういう意味？」

意図が分からず私が首を傾《かし》げるのに、司は人差し指を立てながら答えた。

「だからさ、君はとても頭が良くて、しかも心配性でしょ？　いつも先のことを考えてる。就活だって、僕の友人の中では、君が一番頑張《がんば》ってる」

「そりゃ、私みたいな路傍《ろぼう》の石は、努力しないと評価されないって分かってるし……」

「ううん、そういうことじゃなくてね」

司はゆるく首を横に振って、私を横目に見た。

「僕はさ、目の前のことしか見えないんだよね。ＦＸで稼げたのも運が良かっただけでさ。ほら、彼女に夢中で、留年したし」

そう言って自嘲《じちょう》的に微笑むも、悪びれている様子はない。司は自分という人間を、受け入れている。羨《うらや》ましいと思った。

「だから、先のことを見通せる人が仲間になってくれたら嬉しい」

司は、私のことをじっ、と見つめた。

思考が停止する。

「……えっ？」

私が気の抜《ぬ》けた声を出すのに、司はくすくすと肩《かた》を揺すって笑う。

「一緒《いっしょ》に会社やらない？　君が必要なんだ」

まっすぐに言われて、私はきょとんとしてしまう。

会社を運営する。司と一緒に。

私が常々嫌《いや》だと思っていた、「先のことを考えてしまう性質」が必要だと、言われている。

そのことに驚《おどろ》いて……それから、少し、嬉しくなった。

「あ、うん……いいけど」

私はあっさりと首を縦に振《ふ》っていた。

人生にターニングポイントがあるとすれば、まず一つ目は、ここだったように思う。

＊

司は、在学中にあっという間に会社の初期メンバーを集めた。

私が知らなかっただけで、彼は人脈が豊富だった。いや……もしくは、急いで人脈を作ったのかもしれない。とにかく、彼にはその能力があった。

腕利《うでき》きのプログラマーを集め、同じ研究室の気の合う仲間を幹部とし、飲み会の幹事をいつもやっていた友人に営業を任せ……果たして会社は設立された。

私は経理の仕事を担当していた。最初は分からないことだらけだったけれど、必死に勉強した。必要とされている以上、手を抜く理由がなかった。

烏合《うごう》の衆《しゅう》かと思われた若者だらけの会社だったけれど、営業はバシバシと仕事を取ってきて、なんだかんだで、利益は嘘《うそ》みたいに伸びていった。

「僕、先は見通せないけど、人を見る目はあるのかも」

だなんて、司は冗談《じょうだん》めかしく言っていたけれど……きっと、その通りなのだろう。

私たちは友達のように和気藹々《わきあいあい》と、それでいて、仕事は仕事として真面目《まじめ》に向かい合い……会社を成長させていった。

新しく社員を雇《やと》う余裕《よゆう》が生まれ、人員が増え、請《う》けられる仕事の幅《はば》が増え……数年のうちに、株式上場も視野に入る企業《きぎょう》となった。

大阪《おおさか》と仙台《せんだい》に支社を作り、いよいよ上場を目指す……という段階に差し掛《か》かった頃《ころ》には、私は二十三歳になっていた。大学を卒業してから、もう二年。飛ぶように、時間が過ぎていた。

司は大学生の頃に摑まえた彼女と結婚《けっこん》し、子供を作ることも視野に入れていると言う。幹部連中にもなんだかんだで決まった恋人がいたり、結婚していたりで……フリーなのは私だけだった。

「愛依梨はその気になれば彼氏なんてすぐできるだろうに、もったいないよな」

ある日の飲み会で、大学時代からの友人、そして営業部長である安坂《やすざか》にそう言われて、私はなんともうまい返事を考え付けなかった。

「いいのよ、仕事楽しいし」

結局、あまりに言い訳じみた言葉が口をついて、一緒に飲んでいた幹部連中は皆《みんな》苦笑する。

ちびちびと日本酒を飲んでいた司が、私の空になったおちょこに酒をつぎ足しながら、言った。

「愛依梨は心配性だからね」

「……思い切りが足りないって言いたいわけ？」

私がじとりとした視線を送るのを、司は笑って受け流す。

「思い切りというか……うーん……流れに身を任せる勇気？　というか。好きな人とかいないの？」

「いないわよ、そんなの。仲が良い男なんてあなたらくらいなもんだし、全員彼女いるし」

「ははは。割と手が早いからね、みんな」

「そうよ。大学時代、遊んでばっかりだったくせに、いっちょ前に会社なんか立ち上げてさ」

「愛依梨は遊んでなさすぎたよね。恋人とかいたことないの？」

司に訊《き》かれて、私はうっ、と言葉を詰《つ》まらせる。

「いたことはある……けど……」

私がそこで言葉を止めると、なんとも気まずい空気が流れる。

安坂が、あっけらかんと口を開いた。

「前から気になってたんだけどよ……愛依梨って処女？」

司が「ぶっ」と日本酒の霧《きり》を噴出《ふんしゅつ》させた。彼は慌《あわ》てておちょこを置く。

「はぁ!?」

私が声を荒《あら》らげるのに、司は慌てたようにぶんぶんと手を振って安坂の方を見る。

「さすがにデリカシーがなさすぎる！」

「いいだろ、そんなん気にするような仲でもねえじゃん」

「親しき仲にも礼儀《れいぎ》あり！」

司はおどおどと私と安坂の間で視線を行ったり来たりさせる。

気を遣《つか》ってくれること自体は嬉しいけれど……なんだか、ここまで露骨《ろこつ》に配慮《はいりょ》されるのも、癪《しゃく》だった。我儘《わがまま》なことだ。

私はふん、と胸を張って言う。

「そうですけど！」

「ぶはは！　マジかよ！　なんかそんな気がしてたけどさ！」

「機会がなかったの！」

「なかったのか？　彼氏いたのに？　ほんとかよ？」

「……まったくなかった、わけじゃ、ないけど…………」

私は大学時代に初めてできた彼氏のことを思い出して、口を噤《つぐ》む。

とても優しかった、彼。今はどこかの誰《だれ》かと、上手くやっているだろうか。

突然《とつぜん》しゅんとしてしまった私を横目に見て、司がパン！　と手を打った。

「はい！　ここまで！　安坂、あけすけなのと無遠慮《ぶえんりょ》なのは違《ちが》うよ。ほら、謝る！」

司が優しくも、いつもより厳しい声色で言うと、安坂はしぶしぶ、「すまん」と私に頭を下げた。それを見て、私も首をぶんぶんと横に振る。

「やめてよ！　謝られると、こっちが気にしてるみたいになるでしょ！」

「君、結構面倒《めんどう》くさい女だね……」

司が呆《あき》れたように笑った。そして、日本酒をくい、と呷《あお》って、言う。

「まあ、恋《こい》なんていくつになってもできるからね、多分」

司は私の方を流し目で見た。

「『後先考えずに』好きになれる人を見つけた時が、君が全力で恋愛《れんあい》すべきタイミングなんじゃない？」

その言葉に、私は何も返事ができなかった。

後先考えずに、人を好きになる。

そんなことが自分にできるとは思えなかった。そんな相手が現れるなんてことを、想像することもできない。

「そんな夢みたいなことが……あったらいいけどね」

私は自嘲的に微笑んで、そう答えた。

別に良かった。仕事が楽しかったから。

会社の中では、私は必要とされていた。自分のことを好きになれなくても、他人から承認されることが、その代わりになった。

経理に新しい子が入り、すっかりすべてを任せられるようになって、私は専務という役職を与《あた》えられた。普通《ふつう》の会社じゃあり得ないことだ。

お金だって、普通のサラリーマンと比べたらかなり多くもらえていると思った。司はホワイトな会社を作ることにこだわっていたから。

やりがいのある仕事をして、十分なお金をもらっている。

それだけで、私の人生は成功していると言えるんじゃないか？　そう思った。

恋愛は、大学時代に、とっくに諦《あきら》めていた。周りの皆が結婚したりしても、不思議と焦《あせ》りはなかった。自分には関係のないもののように、それらの出来事を見ていた。

私はこれからも仕事に喜びを感じ、それのために生きていくのだろうな……と、そう思っていたのに。

ある社員を採用したことが、私の第二のターニングポイントとなった。

そう。

それはもちろん、吉田《よしだ》君だ。

＊

吉田君のことは、私が見つけた。

多くの会社が集まる合同会社説明会に参加していた彼を、私がヘッドハントしたのだ。

吉田君はとにかくフレッシュで、全身から〝やる気〟を漲《みなぎ》らせていた。コミュニケーション能力も申し分なく、私はすぐに採用することを司に進言した。

期待通り、彼は入社後も気を抜《ぬ》くことなく、バリバリと仕事をこなした。情報系の短大を出ていて、ある程度プログラミングの知識を持って入社してきたとはいえ、彼は持ち前の勤勉さで今まで触《さわ》ったこともなかったプログラミング言語を自主的に学び続けていた。

当然、やれることも増えてゆき、先輩《せんぱい》社員からも頼《たよ》られる存在になっていく。

最初は、頼《たの》もしい新人を採用できて鼻が高い……というくらいの気持ちだった。

でも……だんだんと、私や司の顔色は変わってゆく。

彼は、働きすぎだった。

真面目なのはいい。勤勉なのも。

けれど、彼は仕事に全力すぎた。同期の橋本《はしもと》君は毎日定時きっかりで帰るというのに、彼はいつも進んで残業をしていた。それも、自分の仕事は終わっているのに、他の社員の仕事まで代わりに片付けようとする始末。

　実際、彼の働きで助かっている人たちは多かった。

　外部から委託《いたく》を受けてプログラムを組む私たちの仕事は、突然クライアントから手の平を返されることも多い。元々伝えられていた仕様とはまったく違うものを作らされたりすることなど日常茶飯事だった。そういったイレギュラーが発生したとき、いつも技術のある社員ばかりが残業をしていた。

　だから、吉田君のような真面目で技術もある社員が増えたこと自体は、他の社員にとってもありがたいことだったのだが……結局、仕事の総量が変わるわけじゃない。

今まで他の社員の努力で賄《まかな》っていた部分を、吉田君が肩代《かたが》わりしただけだ。

仕事の比重が数人に傾《かたむ》いている状況《じょうきょう》は、良くない。

それで吉田君が過労で倒《たお》れてしまうようなことがあれば、結局すべてが狂《くる》ってしまう。

「大丈夫《だいじょうぶ》ですよ！　身体《からだ》は強い方だし、仕事楽しいですし」

私が「残業しすぎじゃない？」と声をかけても、彼はいつもそんなふうに元気に言葉を返してくる。

『自主的』というのもなかなかタチが悪いものだな、と、思った。

取《と》り憑《つ》かれたように仕事をする彼をどうにか休息させようと私が思いついたのは……。

「吉田君。この後一緒《いっしょ》にご飯行きましょう」

こんな、強引な作戦だった。

上司から誘《さそ》われたら断れない。彼がそんな性格をしていることは、分かっていたから。

こうして、私は定期的に、残業中の彼を夕飯に連れ出し、強制的に仕事をやめて帰らせるようになった。

私が採用することを推した社員だ。私が責任を取らねば……と、そんな使命感が私を突《つ》き動かしていた。

そして、後々、思い知るのだ。

彼のために掘《ほ》った穴だと思っていたそれは……私自身をも飲み込む落とし穴だったということに。

＊

定期的に一緒にご飯を食べるようになると、私と吉田君は少しずつ打ち解けていった。

彼は、不思議な人だった。

いつだって真面目《まじめ》で、融通《ゆうずう》が利かなくて、思い込みが激しい。そう思えば、他人に対してはなんとも紳士《しんし》的な気の遣《つか》い方ができたりする。

私は社会人になっても、〝求められる自分〟であることに注力していた。

いつもパリッとしたスーツを着て。高い腕時計《うでどけい》をして。化粧《けしょう》は手を抜かず。仕事でも隙《すき》を見せず。

努力の甲斐《かい》あってか、女性社員からは「後藤さんって、怖《こわ》いくらいに完璧《かんぺき》ですよね」とよく言われたものだった。当然だ。そうあることにのみ、注力しているのだから。

気付けば、私自身が私に課す制約は増えていった。

　本当はお酒が好きなのに、みんなの前ではあまり飲まないようにした。お肉が好きなのに、昼食はいつもサラダで済ませていた。食事や給水のタイミングを完璧に制御《せいぎょ》して、昼休み以外にはお手洗いに立たないようにした。生理が重くならないようピルを服用して、いつでもすました顔で仕事をした。その方が後藤愛依梨然としていると、分かっていた。

　でも……そんな私のメッキを、吉田君はいとも簡単に、はがしてゆく。

「あ、この肉美味《うま》いっすよ。ちょっと食べます？」

「俺だけ飲むのもアレなんで……後藤さんも付き合ってくれませんか？　一杯《いっぱい》だけ」

「今日はめっちゃ腹減ってるんで、いろいろ頼みましょう！　俺が食いきれなかったら、ちょっと後藤さんにも手伝ってもらわないといけなくなりますけど……」

　彼はいつも、自分本位な行動をするフリをして、私に気を回してくれていた。

　押し付けない程度の、ささやかな気遣い。

　それが心地《ここち》よくて……気付けば、私は彼と食事をする時だけは、お酒も、お肉も、我慢《がまん》しなくなっていた。飲みの途中《とちゅう》でお手洗いに立つのも、恥《は》ずかしく感じなかった。

　あるがままを受け入れてもらえる安心感を、私は久々に思い出した。

　そして……だんだんと、彼に惹《ひ》かれているのを感じていた。

　驚《おどろ》いた。久々の恋が、社員で、しかも……年下。

年下の男性に気を遣われて、コロッと好きになってしまっている自分が恥ずかしかった。

何度か、彼と付き合ってみたら、何かが変わるかもしれない、と思ったこともある。

それとなく「彼女とか……いるの？」なんて訊《き》いてみたりして、彼がフリーであることを確認して安心したりもした。

でも、結局……自分から動き出すことはなかった。

「今は仕事が楽しいんですよ。恋愛とかは……なんつーか……あんま向いてないみたいです、俺」

ある時、ご飯を食べながら、吉田君がしみじみとそんなことを言った。

「向いてない？」

私が訊くと、吉田君は自嘲《じちょう》気味に笑う。

「ええ。高校の時に……すごく好きだった人がいて、その人と付き合ってたんすけど……。その人先輩で、俺より一年早く学校卒業して……で、そのまま、どっか行っちゃいました」

「あら……そうだったの」

そういうこともあるのか、と、思った。

吉田君のように、相手に気を遣える人間であれば、相手も安心するものなんじゃないか……なんてことを考えたけれど。すぐに、それを打ち消す。

付き合ってみなければ分からないこともある。案外、長く一緒にいるようになれば私生活ががさつだったりするのかもしれない。

それに、相手のことも分からない。オラついていてグイグイと引っ張ってくれるタイプの方が好きな人間だって、いる。

「運が悪かっただけよ」

私がそんなふうに慰《なぐさ》めると、吉田君はしんみりとした様子で、かぶりを振《ふ》った。

「いや……俺が悪いんですよ、きっと」

彼はきっぱりとそう言い切った。

「俺……多分、あの人の考えてること、何も分かってなかったんです」

彼の言葉に、ズキリと胸が痛んだ。彼自身に向けた言葉が、私にも刺《さ》さるのを感じたのだ。

『……嬉《うれ》しいな。君とこういうことできるの』

大学時代の彼氏の言葉が、トラウマのように蘇《よみがえ》る。

嬉しい。なんて、そんなありふれた言葉で、私は我に返ったのだ。それなりの期間、一緒に過ごしていたというのに……私と〝彼〟は、同じ感情を共有していなかったことを思い知った。それに気付いていなかったことが、恐《おそ》ろしかった。

吉田君も、同じような絶望を味わったというのか。そう思うと、妙《みょう》に共感できてしまった。

「……吉田君は、どうしていつも、あんなに仕事を頑張《がんば》るの？」

私はなぜか、脈絡《みゃくらく》もなく、そう訊いていた。

吉田君は一瞬《いっしゅん》ぽかんとしたように私を見つめて、それから、言葉を探すように視線を動かす。

そして、鼻の頭を掻《か》きながら、照れたように言った。

「いや、だって……俺が他人のためにできることって、それくらいしかないし」

ハッ……と、息を呑《の》んだ。

同じだ。私も、同じ。

高校を出る頃には、『私は一人では何もできない』という気持ちが揺《ゆ》るぎなくなっていた。だから……他人から求められる自分であることに力を注いだ。

他人から承認されることで、自分の存在価値を証明しようとした。

空っぽな自分の心の中に、〝他人〟を注ぎ込んで……満足しようとした。

私は自己武装に成功して、それに満足しながらも……ずっと、自分が嫌《きら》いだった。そんな気持ちを忘れるように、仕事に没頭《ぼっとう》した。

吉田君と、私は、同じ。

そう思ったらとても安心して……愚《おろ》かしいことに、ドキドキした。

「ねえ、吉田君」

私は、手を伸《の》ばし、テーブルの上に無防備に置かれていた彼の手にそっと触《ふ》れた。吉田君の表情がわずかに、変化する。

緊張《きんちょう》したような顔で、彼が私を見た。

「うちの会社には、あなたが必要。私も、君を採用して良かったって、心から思ってる」

私がそう言うのを、彼はどこかぼーっとしたような表情で見ていた。

分かりやすく、耳たぶが赤くなっている。

「だから、これからも……よろしくね」

「……はい。こ、こちらこそ……」

「そして、残業はしすぎないように！　倒れられたら困るし、他の社員も育たなくなっちゃうんだから」

「あ、はい……すみません……」

私がパッと手を離《はな》すと、彼も我に返ったようにぺこぺこと頭を下げながら、何かをごまかすように笑った。

私たちは惹かれ合っている。同じものを……持っているから。

私はなんだか、それだけで満足してしまっていた。

私から動かなければ、この関係が変わることもないと思った。彼は恋愛《れんあい》に引け目を感じている。自分からアクションを起こしてくるようなことはないだろう。

そんなふうにタカを括《くく》りながら、彼と五年間も、〝ときどき一緒にご飯に行く友達〟として過ごした。

心地よかった。

私が自然体でいても咎《とが》めることもなく、それを肯定《こうてい》してくれる彼が、好きだった。

これ以上は望まない。

望んだ瞬間《しゅんかん》に、手に入らなくなる気がして、怖かった。

だから……。


「このまま、俺の家に来ませんか」

彼にそう言われた時、私は心臓が冷たくなるような感覚に陥《おちい》ったのだった。

休日に、彼に動物園に誘《さそ》われた時から、嫌《いや》な予感はしていた。

彼とは仕事終わりにご飯に行くだけの仲だった。そんな彼から休日に誘われるというのは、明らかに、相手は「デート」のつもりで来るということだ。恋愛経験の浅い私でも、さすがにそれくらいは分かった。

断ろうかとも思った。でも、できなかった。

デートの誘いを断れば、彼は『その気はない』と受け取るだろう。当然だ。

そして、そうなれば……私と彼の関係は終わってしまうんじゃないか、という恐怖《きょうふ》があった。

だから、私はきちんと化粧をして、デートにふさわしい服を選んで、家を出た。

動物園を一緒《いっしょ》に歩きながら、私は心の中で、「どうか何事もなく今日が終わってくれますように」と祈《いの》り続けていた。でも、いつも以上にそわそわとしている彼を見て、「きっと、そう上手くはいかない」とも、思っていた。

夕方になり、彼が事前に選んでいたお店でディナーを楽しんで……そして。

彼は真っ赤になりながら、「家に来ませんか」と言った。

告白よりも先に、「家に来ませんか」は随分《ずいぶん》と攻《せ》めているな……と、思ったけれど。

つまりは、〝そういうこと〟なのだ。

彼は私と特別な仲になりたいと思っている。思って……くれている。

嬉しかった。大人げなく、舞《ま》い上がった。

でも、そんな浮《うわ》ついた気持ちを、私の〝大嫌《だいきら》いな部分〟が、冷たく覆《おお》い隠《かく》す。

欲しいものは、手に入らない。

私は、誰《だれ》かの〝憧《あこが》れの存在〟でいることでしか……自分を体現できない。

確かめたかった。彼がどれくらい本気で、私を好きでいてくれるのか。私という存在に、どれだけ執着《しゅうちゃく》してくれるのか。

それを確認しなければ、臆病《おくびょう》な私は、動けなかった。

だから私は、あの時……人生の中で、一番〝誤った〟選択《せんたく》をした。

「ごめんなさい」

吉田君の表情が、歪《ゆが》む。

「会社では秘密にしているんだけど、私、恋人《こいびと》がいるの」

そう嘘《うそ》をついて……保留した。

まだ、動くには早い。そう思った。

もっと状況《じょうきょう》を見極めて、心から安心できると分かってから、彼に身を委ねたかった。

まだだ。今じゃない。

そうやって心の中で理由をつけて、私は彼を拒絶《きょぜつ》した。

でも、そういう私のやり方そのものが……私が『何も手に入れられない』所以《ゆえん》だということを、この後痛いほど思い知ることになるなんて、思ってもみなかった。

私の選択の誤りを嘲笑《あざわら》うかのように、状況は急変した。

吉田君はある日を境に、毎日定時で帰るようになり、ひげをきちんと剃《そ》るようになり、シャツの皺《しわ》がなくなり……明らかに、生活の中に〝他の誰か〟の気配を感じさせるようになった。

社内でも、吉田君に好意を寄せている子が何人もいることは、知っていた。

経理部であったり、事務であったり……彼は割と女子に人気がある。

いつもくたびれた顔をしていて、不健康な顔色をしていることを除けば……彼は顔も整っているし、女性にはとても優しい。

しかし……その誰もが、吉田君に手を出したりはしなかった。なぜなら……私が彼を気に入っていることを知っているからだ。

私は吉田君以外と二人きりで食事をしたりしない。それだけで、彼女たちが私と吉田君の間に〝特別な何か〟があると邪推《じゃすい》するには十分だった。

つくづく、嫌な性格だと思う。しかし、私は自分を作り上げ続けた成果を感じていた。

そうだ。吉田君は私が気にかけているんだから、あなたたちが手を出してはいけないの。

そんなふうに、心の中で優越感《ゆうえつ》を得ていた。

でも、〝彼女〟だけは違《ちが》った。

吉田君のプロジェクトに配属された、三島柚葉《みしまゆずは》さん。

最初は吉田君にガミガミと怒《おこ》られて鬱陶《うっとう》しそうにしていた彼女だったけれど、気付けばその表情は恋《こい》する乙女《おとめ》のそれに変わっていた。そして、それを隠しもしない。

猛《もう》アタックしているように見えた。当の吉田君はまったく気付いていない様子だったけれど……。

私は不安になった。

私は彼の告白を断ってしまった。

今後、私という存在に怖《お》じ気《け》づくことなく彼にアタックを続ける三島さんのような人がさらに現れでもしたら……吉田君はその内の誰かになびいてしまうのではないか。

そんな不安が、私を支配する。

最初は我慢《がまん》できると思った。「それでも私を好きでいてくれる」という願いを吉田君が叶《かな》えてくれることに懸《か》けようと思った。

でも……思った以上に、私は真剣《しんけん》に彼に惚《ほ》れてしまっていたようだった。

結局我慢しきれずに、彼にちょっかいをかけるようになってしまう。

そして……彼が『女子高生を匿《かくま》っている』という、とんでもない事実を知ることになるのだ。

＊

彼は、少しずつ変わった。

北海道から来た女子高生、沙優《さゆ》ちゃん。

彼女と疑似家族のような関係を続けるうちに、少しずつ、仕事以外で自分の在り方を見つけていった。

そして……ついには彼女を実家に帰し、その未来を提示してみせた。

思い知った。

吉田君は……私とは、全然違った。

一度貫《つらぬ》き通《とお》すと決めたことを、何が何でも完遂《かんすい》する力強さと、芯《しん》の強さを持っていた。

私から見ても、彼は何度も迷い、悩《なや》んでいた。

それでも、人を、助けてみせた。そして……そのことにより、彼自身も少しだけ、救われたように見えた。

眩《まぶ》しかった。
また、私は他人の眩《まばゆ》い在り方に目を細め、それを羨《うらや》んでいるだけの存在になり果ててい
た。
彼は、私とは違う世界に行ってしまった。
だから……もう、私のことを選ぶことも、ない。そう思った。
自立した心を身に付け、いつか彼の心を溶《と》かし、一緒になる人が現れる。
それは、沙優ちゃんかもしれないし、三島さんかもしれないし……それ以外の誰かかも
しれない。
でも、その候補の中に、私はいないと思った。
……良かった。
そんな言葉が、胸の中に湧《わ》き上がる。
何が？
自分に問いかける。答えはすぐに出た。
『あの時、告白を受け入れなくて良かった』

あの日、私が吉田君の告白を受け入れていたとして。

彼はどのみち、沙優ちゃんを匿ったはずだ。そして、救おうと決めたはずだ。

二人の同居生活は、吉田君に〝恋人〟なんてものがいたら成り立つはずのないものだった。

私が彼の恋人で、彼の生活に口を出せる人間であったならば。私は間違《まちが》いなく、沙優ちゃんを警察に預けることを進言したはずだ。

私がそうしなかったのは、私と吉田君があくまで他人であって、彼の決意が固いことも分かっていたからだ。

もし、〝恋人〟の私が、吉田君に、「沙優ちゃんを見捨てろ」などと言ったならば……きっと、彼はそれでも、沙優ちゃんを助けることを選んだだろう。

そして、私と彼の関係は終わりだ。

やっぱり、あの時彼と結ばれなかったのは、正解だった。

手に入れたはずのものを、失うことになっていた。

何もかも、あるべき形に収束するのだと、分かっていた。

私に、恋愛は向いていない。

他人の願望を塗《ぬ》り固《かた》めて作ったような、中身のない空っぽな私は、誰かの〝生活〟に溶け込《こ》むことなどできないのだ。

これで、おしまい。

久々の恋愛《れんあい》ごっこは、楽しかった。ドキドキできたし、自分が女だということも思い出せた。

だから……これからは、これまで通りに。

仕事に全力を注いで。

誰かにとっての〝完璧《かんぺき》な私〟でい続ければいい。

また楽な毎日に戻《もど》れる。

……そんなふうに、心の中で言葉を重ねるたび。

ドクドクと、異常な鼓動《こどう》を感じた。

胸が痛かった。

どうしても、吉田君のことを考えてしまう。

さりげなく気を遣《つか》ってくれる時の、自然な微笑《ほほえ》みが。

真剣に告白してくれた時の真っ赤な顔が。

「俺とヤれますか」と言われた時の胸の高鳴りが。

沙優ちゃんのことを最後まで見捨てなかった、ひたむきな姿勢が。

そのすべてが。

好きだった。

彼が好きだった。

諦《あきら》めるための言葉を重ねるたびに、その想《おも》いは強まった。

どうしても、結ばれたいと思った。

なぜ断ってしまったのか、なぜ本気で欲しがってみせなかったのかと、自分を責めた。

苦しい。

苦しいけれど、その感情は甘やかだった。

恋だ。恋を、している。

その感覚は、鈴木さんに抱《いだ》いていたそれとも、大学時代に付き合っていた彼に感じていたそれともまったく違って、常に私の胸を締《し》め付《つ》けていた。

彼とキスすることを想像した。ドキドキして、胸が弾《はじ》けそうだ。

服を脱《ぬ》ぎ、彼と繋《つな》がることを想像すると、身体《からだ》が熱くなった。実際にそうしたら、どんな気持ちになるのか、知りたかった。

どうしようもなく、恋をしていると、分かった。

私は、こんな歳《とし》になって初めて……全力で、一人の異性を求めていた。
そして……その〝正しい〟求め方が分からなくて……とても……困っていた。

1話　異変

　果たして、沙優《さゆ》ちゃんが実家に帰り、吉田《よしだ》君はまた『勤勉な会社員』に戻った。

　前ほどではないけれど、残業する日もだいぶ増え、業務時間中の彼の仕事への没頭《ぼっとう》の仕方はすさまじいものがあった。

　多分……彼にも、思うところがあるのだ。

　ずっと、家事をしてくれて、精神的にも癒《いや》してくれる存在が家にいた。そして、それが突然《とつぜん》、失われた。

　それが正しいことだとどれだけ自分に言い聞かせても、きっと寂《さび》しさはあるはずだ。

　そんな気持ちを吹《ふ》っ切《き》らんと、彼は仕事に打ち込んでいる。

　私はまた前のように定期的に彼を食事に誘《さそ》い、適度にガス抜《ぬ》きをさせていた。

　……ガス抜きをさせていた、などという言い方は正しくない。私だって、彼とご飯に行きたいのだ。

結局、私は私の恋を吹っ切ることができていない。

未《いま》だに彼のことを好きだと感じるし、いつかは交際に踏《ふ》み切りたいと思っていた。しかし思い切った行動に出る勇気もなく……前と同じような、つかず離《はな》れずの距離感《きょりかん》を維持《いじ》するのに留《とど》まっている。


しかし、一つ、気がかりなことがあった。

最近、三島《みしま》さんと吉田君の様子がおかしいのだ。

私の席からは、オフィス内が見渡《みわた》せる。勤怠《きんたい》評価などをつけるためにも、私は仕事の合間に、オフィス内の全社員に気を配っていた。そんな中で、目立つのはやはり吉田君と三島さんの二人だ。

二人はいつも仕事のことでやいのやいのと言い合っている。皆《みんな》もすっかり慣れきっていて、二人が言い合いを始めても、視線すら向けないことが多い。

それがあの二人の正常なコミュニケーションだと承認されているようで、私はなんだか気に入らない。

と、ひとまず、それは置いておいて。

沙優ちゃんがいなくなってからというもの、三島さんの吉田君へのアタックは以前よりも激しくなっているように見えた。

彼女はどうも私に気安い態度をとってくる。いや、誰にでも気安い……という方が正しいか。

それでいて、なんだかそれに不快感を覚えないのが不思議だった。なかなかずるいキャラクターだよな、と思う。

そう。私は彼女のこともマークしているのだ。

彼は吉田君と高校が一緒《いっしょ》だったという。そして、彼女が仙台《せんだい》支部から異動してきた日、吉田君は今まで見たこともないような表情をしていた。

まるで、恋《こい》する少年のような……。

「…………ッ」

思い出すだけで、ムカムカする。

二人の間に何があったのかは知らないが、明らかに吉田君は彼女に特別な感情を抱《いだ》いていたように思う。

それとなく神田さんに高校時代のことを訊《き》いてみると、彼女はソフトボール部だったらしい。吉田君は、野球部だ。二人に接点があってもおかしくない。

もしかして、吉田君が高校時代に付き合っていたのは、彼女なのではないか。

そこまで考えて、私は頭を振《ふ》った。

そんな偶然《ぐうぜん》、あるはずがない。私は不安に取《と》り憑《つ》かれすぎている。

同じ高校の人間と会社で再会するなんてこと自体、ものすごい確率なのだ。それが元恋人だなんてことがあれば、もはや運命的とも言える。

あれだけ美人なのだ。憧《あこが》れの先輩とか……そんな感じだろう。

私は一人うんうんと頷《うなず》いて、デスク横からコンビニ袋《ぶくろ》を手に取って、それを机の上に置く。

中から鶏《とり》のささみが載《の》ったヘルシーなサラダを取り出して、割《わ》り箸《ばし》をパキリと割る。

ドレッシングをかけて、一口頬張《ほおば》った。

……いつもの味だ。

あっさりしていて、味気ない。味にもすっかり飽《あ》きているから、まったく心の躍《おど》らない食事だった。

しかし、今日は業務後に飲み会だ。

そこでは好きなものを食べられるし、昼くらいはいつも通り我慢《がまん》を……。

「………あ」

そこまで考えて、箸《はし》が止まった。

そうだ。今日は三島さんや神田さんもいる。

好き放題、肉やらお酒やらを口にできるわけではなかった。

「はぁ……」

ため息をつく。

「疲《つか》れるわぁ」

思わず、そう口にしていた。

横を通りがかった経理部の女性社員が、目を丸くして私を見る。

「……お疲れですか？」

彼女にそう訊かれて、私は少し顔が赤くなるのを感じながら、頷く。

「ちょ、ちょっとね。私ももう歳《とし》かな～……なんて」

「あはは、まだまだお若いですよ！」

私の軽口に笑って、彼女は会釈《えしゃく》一つ、オフィスを歩いていく。

再度ため息をついて、私は再び、サラダを口に運び始める。

お肉が、食べたい。ささみ以外のやつが。

2話 関係

結局、神田《かんだ》さんが――かなり強引に――取りまとめた飲み会は、落ち着いた個室居酒屋で行われた。

明らかに気まずい空気を漂《ただよ》わせている吉田《よしだ》君と三島《みしま》さんに、とにかく私と神田さんがとりとめのない会話をして、ときどき水を向ける。

そうしているうちに、明らかに分かったことがあった。

やはり、三島さんは吉田君に対して何かしら〝強めの〟アクションを起こしていた可能性が高い……ということだ。多分、告白に近い何かをしたに違《ちが》いない。

そして、その直後に、三島さんが逃げたのか、それとも吉田君が何か良くない――いつものように、鈍感《どんかん》なものだったり？――をしたのか、詳《くわ》しいことは分からないけれど……とにかく、二人の間で結論が出る前に会話が終了《しゅうりょう》したのだと思う。

吉田君はなんとかもう一度三島さんと話をするために頑張《がんば》っていて、三島さんはそれから全力で逃げている。

そんな感じだ。

私と神田さんは無言のうちに結託《けったく》し、なんとか二人が落ち着いて話をできるよう取り計らい続ける。

果たして、二人はこの飲み会の後に二人で話をすることになったようなのだが……。


「どうします、今頃《いまごろ》セックスでもしてたら」

まさか二人の後を尾《つ》けるわけにも行くまい。あぶれた私と神田さんは、勢いで二軒《けん》目の店に移動していた。

歩きながら適当に見つけた焼き鳥屋に二人で入り、くだを巻いている。

「吉田君に限って、それはないでしょう」

私がそう答えるのに、神田さんはわざとらしく片方の口角をくいっと上げた。

「何を根拠《こんきょ》にそんなことを？」

「だって、彼がそういうことしてる姿、まったく想像つかないもの」

「ふーん、そういうもんですか……」

神田さんのその相槌《あいづち》は、言外に「私はそう思わないけど」という意図を滲《にじ》ませていて、私はつい鋭《するど》い視線を向けてしまう。

「なんですか、急に怖《こわ》い顔して~。あ、来ましたよ」

神田さんが言うのと同時に、あまり愛想が良いとは言えない女性店員が、焼き鳥串《ぐし》の盛り合わせをドンとテーブルに置いて去っていく。

「皮串《かわぐし》もらいますね、好きなんで。あとせせりと~、胸肉と~、あとレバーももらいます」

神田さんは何一つ遠慮《えんりょ》せず、好きな串をひょいひょいと自分の取り皿へと移動していく。

盛り合わせの皿に残ったのは、ぼんじり串、ねぎま串、もも串、そしてつくね串……。

「脂《あぶら》っこいのばっかり残ってるじゃない」

私が苦言を呈《てい》すけれど、神田さんは気にする様子もなく早速鶏皮串にぱくりと口をつけ、追いかけるようにラフロイグのグラスを傾《かたむ》けた。

「く~っ！　この理科室の匂《にお》いみたいな味がいいんだよなぁ」

ラフロイグについて言っているようだった。その言葉だけを聞くと到底美味《とうていおい》しい飲み物には思えない。

神田さんは私をちらりと見て、言う。

「食べないんですか？」

「いや、だから……脂っこいのばっかりで」

「いいじゃないですか。好きでしょ？」

あっさりと、神田さんが言う。私は面食らって、押《お》し黙《だま》った。

彼女はにやりと笑う。

「隠《かく》れてお肉食べてるでしょ～？　吉田と焼肉行ってるの知ってますよ」

「なっ……いや、彼と食事に行く時だけだし……」

「うそ、うそ。毎日サラダばっかでその爆乳《ばくにゅう》を維持《いじ》できるわけないんですよ」

こともなげに言い、神田さんは美味しそうに鶏皮を頰張る。

やはり、すべてを見透《みす》かされているようでむず痒《がゆ》い気持ちになった。

四人で飲んでいる時も、彼女はさりげなく最初に頼《たの》んだサラダを多めに取ってぱくぱく食べてしまったり、唐揚《からあ》げの皿をこちらに寄せて来たり……気を回されているのには気付いていた。

気の遣《つか》い方が、吉田君と似ている。

そこにありがたみを感じるのと同時に、なんだかちょっと妬《や》けた。

私は観念してぼんじり串を取る。神田さんがスンと鼻を鳴らした。

遠慮がちに一口食べる。鶏の脂が口の中で爆発《ばくはつ》するようだった。くらくらするような幸福感を覚える。

口の中にしつこく残る脂の味を、安い日本酒で喉奥《のどおく》に流し込む。最高の気分だった。

「ふふ……美味しそ」

神田さんが、嫌味《いやみ》っぽく言った。

「おかげさまでね」

抑圧《よくあつ》した食欲《しょくよく》をひとたび解放してしまうと、もうなんだかどうでも良い気持ちになった。

それに、もうすっかり見抜《みぬ》かれてしまっているのに意地を張り続ける理由もない。

私があけすけに答えると、神田さんはけらけらと笑う。

しばらくもくもくと焼き鳥を食べた。肉を食《は》み、それを日本酒で流し込む。そんな幸せな行程を繰《く》り返《かえ》していると、あっという間に日本酒が一合消えた。

「日本酒、好きなんですか？」

訊かれて、私は曖昧《あいまい》に頷く。

「まあ……好き、かな？」

「なんですか、その微妙《びみょう》な感じ。もっと好きなお酒があるんじゃないの？」

神田さんは絶妙《ぜつみょう》に敬語とタメ口を使い分ける。不意に敬語じゃなくなっても、そこに失礼さを感じさせないのが、不思議だった。

「まあ……ビールの方が、好きかも」

私が答えると、彼女は「はぁ？」と声を上げてから、眉《まゆ》を寄せる。

「じゃあビール飲めばいいじゃん」

「いや、でも……私がビールぐびぐび飲んでるの、変でしょ？」

「はは、誰《だれ》かにそう言われたんですか？　すみませーん！　生一つ！」

神田さんは苦笑一つ、勝手に手を挙げてビールを注文した。

そして、私の方へ向き直る。

「というか、さっきはビール飲んでたでしょ」

「あれは、一杯《いっぱい》目だったし」

「急にオッサンみたいなこと言うじゃん。三島ちゃんは一杯目からカシオレですよ、カシオレ。可愛《かわい》いねぇ」

「イメージ通りよね」

「確かに。でも、多分好きなもの頼んでるだけですよ。酒なんて、趣味《しゅみ》で選べばいいでしょ」

「そうかもしれないけど……」

「あーもうめんどくさい！　女のサシ飲みで見栄《みえ》張る必要ないじゃないですか！」

神田さんがぴしゃりと言うのと同時に、テーブルに生ビールがドン、と置かれた。女性店員が何も言わずに去っていく。

「あそこまで態度悪いと逆に気持ちいいな……」

神田さんが言うのに、私も思わず笑って、頷《うなず》く。

彼女は私の方にビールグラスをずい、と寄せてから、自分のウィスキーグラスを軽く持ち上げた。

「じゃ、一番好きな酒に～」

意図を理解した私は、軽くため息をついて、ビールグラスを彼女のグラスにこつんとぶつける。

「乾杯《かんぱい》」

ビールグラスを傾けると、きめ細やかな泡《あわ》が唇《くちびる》にまとわりついて、その奥からキンキンに冷えた液体が喉に流れ込んでくる。恍惚《こうこつ》、という言葉はこの瞬間《しゅんかん》のためにあるんじゃないかと錯覚《さっかく》する。

「あ～……」

そして、お腹《なか》の中にビールが溜《た》まるのを感じるのと共に、アルコールがじわりと身体《からだ》に浸透《しんとう》していくような気がした。

「ねえ……吉田君と、同じ高校だったんでしょ？」

酔《よ》いを感じると、なんだか、今なら何でも訊《き》いてしまえるような気分になった。

神田さんはノータイムで頷く。

「そうですよ」

「部活も同じ」

「同じっていうか……野球とソフトは違うけど。まあ、グラウンド半分ずつ使ってたから、一緒《いっしょ》っちゃ一緒かもですね」

「仲良かったの？」

私のその問いに、神田さんはぱちくりとまばたきをした。

そして、あっけらかんと言う。

「仲良いっていうか……付き合ってましたけど」

付き合ってましたけど。

付き合ってましたけど……。

付き合ってましたけど………。

まるでエコーがかかったように、その言葉が脳みそで何回も再生される。

「……つっ」

彼女の言葉の意味を脳が完全に理解するのと同時に、口が開いた。

「付き合ってたぁ……？」

「ええ、一年くらい？」

「じゃ、じゃ、じゃあ……そ、卒業して自然消滅《しょうめつ》したって言ってた彼女が」

「そうそう。あたしです」

「エーッ！」

思ったよりも高い声が出てしまい、私は口元に手を当てる。

そんな私の様子を見て神田さんはくすくすと笑った。

「すごい偶然《ぐうぜん》ですよね。元カレと異動先の職場で再会」

「ええ……さすがにそんな偶然あるはずないと思ってたけど」

「一応、疑いはしたんだ？　元カノかも……って？」

「そりゃ、吉田君のあんな顔見たら……」

私が言うのに、神田さんはいたずらっぽく笑う。

「よく見てますねぇ」

「………」

普段《ふだん》こんなふうにいじられることがないので、私はどう返したら良いか分からず、間を誤魔化《ごまか》すようにビールグラスに口をつける。

ちらりと神田さんを見る。何度見ても、美しい造形をした人だと思う。

すらりと細い身体、しかし出るところは出ていて、口元のほくろが妖美《ようび》な雰囲気《ふんいき》に拍車《はくしゃ》をかけている。

正直、こんな人と吉田君が付き合っていたという想像がつかなかった。

……下世話な興味が、湧《わ》き上がる。

「ど……」

「ん？」

「どこまで……行ったの？」

私がどぎまぎしながら訊くと、神田さんはぷっ、と噴《ふ》き出した。

「意外とそういうの興味あるんですね」

「いや、興味というか、なんというか……」

そういう言われ方をすると、さらに恥《は》ずかしくなる。しかし、気になるものは気になるのだ。

神田さんは「んー」と喉から声を出し、数秒視線をうろうろさせる。

私はビールグラスを傾けながら、言葉を待った。

彼女の視線がこちらに向く。そして、言った。

「まあ、妊娠《にんしん》以外のことは、全部？」

「んぐっ……！　けほっ！　けほっ！」

ビールを噴きそうになり、慌《あわ》てて飲み込むと、変なところに液体が入ってしまう。

「あー、あー、大丈夫《だいじょうぶ》ですか？」

「はぁ……はぁ……言い方!!」

「え～？　じゃあ、セックスまではしましたよ」

「高校生よね!?」

「高校生ですよ？　するでしょ、それくらい」

「そ、そ、そういうものなの……？」

「意外とウブなんですね」

明らかに小馬鹿《こばか》にするようにそう言われたので、私はキッと彼女を睨《にら》みつける。神田さんはそれをへらへらと笑って躱《かわ》した。

高校生同士で……するものなのか……。そういうのは、大学生くらいになってからするのが普通《ふつう》なのかと思っていた。本当に。

「け、結構……そういうことしてたわけ？」

しかし、一度訊き始めると、湧き上がる興味が止まらなかった。

「まあ……家《いえ》デートの時は、大体」

「ふーん、お家《うち》デート……ど、どれくらいの頻度《ひんど》でお家に？」

「週四とか？」

「週四!?」

「あたし性欲《せいよく》強かったからなぁ」

「へぇ……あなたの方から誘《さそ》ってたわけね」

「いや、別にどっちから誘ったとかじゃないけど……。いや、最初はあたしから迫《せま》ったかな？　でもそれ以外は、大体流れで」

「な、流れっていうのは……」

「え～？　ベッドに二人で寝《ね》っ転《ころ》がって、駄弁《だべ》りながら漫画《まんが》とか読んで～」

「うん、うん……」

「なんかキスし始めて」

「えっ、突然《とつぜん》!?」

「で、ヤる」

「どういう流れか全然分かんなかったんだけど……」

まるで異文化の話を聞かされているような感覚だった。

「そんなもんでしょ。今日はエッチしよっか……じゃあシャワー浴びてくるね……上がったよ……じゃあ、しよっか……って毎回やってたらめんどくさいというか」

めんどくさい、という言葉に戸惑《とまど》う。

「めんどくさい……とか思うんだったら、しなければいいんじゃないの？」

私が言うと、神田さんは口をへの字に曲げた。

「セックスはしたいけど、いちいち段取り踏《ふ》むのはめんどくさいって話ですよ！」

「で、でも、そういう儀式《ぎしき》的な部分に特別な何かを感じたりとか……」

「少女漫画の読みすぎなんじゃないですか？」

うっ、と声が漏《も》れた。図星が過ぎる。

私の性知識の源は、ちょっと過激な描写《びょうしゃ》のある少女漫画くらいのものだ。

もじもじとしてしまう私に、神田さんは口ずさむように言った。

「相手のことを求める気持ちだけで、十分じゃないですかね」

その言葉に、胃のあたりがツンと冷えるのを感じた。

相手のことを求める気持ち。

私の今までの恋愛《れんあい》に欠けていた、大きな要素だ。

大学生の頃《ころ》に、初体験を逃《のが》してしまったのも……その気持ちが欠落していたことが原因だと思った。

「……好きだったのね」

私が言うと、神田さんはおもむろに頷く。

「そりゃ、ね。そうじゃなきゃ付き合ってないし、身体も許さないし」

「そうよね」

「吉田は良い彼氏でしたよ。あたしのこと思いやってくれたし、浮気《うわき》の心配もないし、割とセックス上手《うま》かったし」

「ふ、ふーん……」

「デカいし体力あるのが良かったですね」

「そ、そこまでは訊いてないです……」

「あと舌使いがね」

「もう！　からかってるでしょう！」

私が声を荒《あら》げると、神田さんは「あはは！」と大きな声で笑った。

顔が熱い。

それに、とてつもなく、妬《や》ける。

私の知らない吉田君の姿を、他の女性から聞くのは、なんとも複雑な気分だった。だというのにもっと聞きたい、と思ってしまうのは、どういう心境なのか自分でも分からない。

そして、同時に膨《ふく》らんでくる疑問も、ある。

「今でもそんなこと言うんだったら……どうして」

私がそう言うのに、神田さんはその言葉の続きを読み取ったように、ため息をつく。

「うん、まあ……う一ん……」

神田さんは珍《めずら》しく、慎重《しんちょう》に言葉を選ぶように視線をうろうろさせていた。

「なんというか……大切にされすぎたというか、ね」

「それって悪いことなの？」

「う一ん……なんか、怖《こわ》くなっちゃったんですよ」

「怖くなった？」

大切にされて、怖い。

その言葉の意味がよく分からなかった。

神田さんは食べ終わった鶏皮《とりかわ》の串《くし》をつまんで、くるくると左右に回している。

それを見つめながら、胸の内の言葉を引き出しているようだった。

「なんか、あいつは……『好きだ』とか『大切にしたい』とか……そういうことは言って

くれるけど、それ以外の気持ちを、あんまり口にしなかったんですよ」

神田さんの目が、当時を思い出すように細められる。

「大切にされてるのは、分かってた。でも……それで、あいつ自身に不満がないのかどうか、あたしには分からなかった」

彼女の言葉には、哀愁《あいしゅう》が滲《にじ》んでいた。後悔《こうかい》を一つ一つ掘《ほ》り出してゆくような、そんな口調。

「大切にされるより、もっと我儘《わがまま》になってほしかった。そうしないと、安心できなかったんですよ。あたしだけが満たされているんじゃないか、我慢《がまん》させているんじゃないか……そんな不安を、あたしは無視できなかった。でも、そんなことを思いながらも、あたしも上手くそれを言葉にできなくて、甘えるみたいに、身体《からだ》ばっかり求めて」

いつも飄飄《ひょうひょう》としている彼女から出力される言葉たち。それらを聞きながら、私はただ神妙《しんみょう》に頷《うなず》くことしかできない。

正直、実感はわかない。彼女の話す言葉は、すべて私が経験のしたことのないものばかりだった。しかし、そこに込められた静謐《せいひつ》な重みだけが、伝わってきていた。

伏《ふ》せられていた彼女の瞳《ひとみ》が、パッと開く。

神田さんはおちゃらけたように、笑った。

「で、結局、逃《に》げちゃいました」

「連絡《れんらく》を絶った……ってことよね？」

「ええ。卒業と同時にね。吉田にはもっといい相手がいる……なんてことを自分に言い聞かせて。傷付けるって、分かってたのになぁ」

神田さんは苦笑を浮《う》かべながら、そう言った。

私は「そう……」と相槌《あいづち》を打ちながら、ねぎまの串からねぎだけを取り外す。特に意味のない、手慰《てなぐさ》みのような作業。

「んで、その後はまあ、なあなあに生きてましたよ。仕事しながら、ちょいちょい男と遊んで」

「お、男遊び……」

「うんうん。でもやっぱピンと来る人いなくて。あ、吉田とあたしって相性良かったんだなぁって思ったり」

「相性……」

「結局恋人《こいびと》もできず、まあお金だけ稼《かせ》いでればいいや〜と思ってたら、東京に異動になって、そしたらばったり吉田と再会。こんなことある？　って感じでしたよ」

くすくすと笑う神田さん。

私は気になったことをそのまま口にした。

「今は……どうなの？」

「何がです？」

「だから……吉田君のこと。まだ好きなんじゃないの？」

私が訊《き》くと、神田さんは「んー」と唸《うな》る。

そして、どこか寂《さび》しそうな顔で、笑った。

「ま、好きですけど。でも、もう諦《あきら》めました」

「なんで？」

「なんでって……後藤《ごとう》さんがそれ訊くんですか」

神田さんはわざとらしく頰《ほお》を膨らませてみせた。大人っぽい顔つきの彼女がそういう表情をすると、愛嬌《あいきょう》が際立つ。

神田さんはいじらしい表情で、言った。

「吉田は今、別の恋《こい》に全力ですから」

「べ、別の恋……」

「そう！　後藤さんへの恋！」

強調するように、神田さんは言う。私はドキリとした。

「気付いてないわけじゃないでしょ」

「いや、そりゃ、まあ……」

「吉田、後藤さんのことが好きだってはっきり言ってましたよ」

「え、そうなの……？」

「告白とかされてないんですか」

神田さんは捲《まく》し立《た》てるように訊いてくる。

私は顔が熱くなるのを感じながら、彼女に対して誤魔化しは通用しないことを理解して、おずおずと頷いた。

「ええ……まあ……された、けど……」

「エッ！　されたの？」

「うん……」

「で、どうしたんですか」

「こ、断っちゃった……」

「はぁ!?」

「彼氏がいるって嘘《うそ》ついて」

「いや最悪すぎ。え、だって、後藤さんも好きですよね？　吉田のこと」

「…………うん」

私が顔を真っ赤にして頷くのを、神田さんは珍妙《ちんみょう》な生物を見るような目で見つめていた。

「……え、じゃあなんで断ったんですか」

至極まっとうな質問。しかし、答えには困った。

吉田君のことを、好きだと思っている。自分のものにしたい、という欲望《よくぼう》も確かにあった。でも、その欲求《よっきゅう》に従うままに、勢いで彼と付き合ったとして……私はその後にある〝可能性〟のことを考えてしまうのだ。彼が私以外のものに目を向けて、どこかへ行ってしまう可能性。もしくは、私という人間自体に愛想を尽《つ》かして、私のもとを去っていく可能性。

そういう不安が湧《わ》き上がると、たちまち、臆病《おくびょう》になってしまう。現状のまま、彼の〝憧《あこが》れの上司〟でい続ける方が、心地よさが継続《けいぞく》するのではないか……と、計算してしまう。

「怖くなったんですか？」

神田さんが、そう訊いた。ドキ、と心臓が跳《は》ねた。

彼女はいつも、私の隠《かく》している部分をいとも簡単に暴いてしまう。

「……ええ、そうかも」

「なるほどね……」

彼女は神妙にため息をついた。

私は胸の内の言葉を一つずつ取り出していくように、言った。

「〝欲しがる気持ち〟に気が付くと、手に入らなかった時に失う気持ちのことを考えてしまうの」

私が言うのを、神田さんはウィスキーグラスを傾《かたむ》けながら、聞いている。

「彼の告白を無邪気《むじゃき》に受け止められたら……って、何度も考えた。正直、断ったことを後悔したりもした。でも……やっぱり、関係を進めるのは怖い。この後、私と彼がどう変わっていくのか、予想がつかないことが、とっても……怖いの」

「ふふ」

真面目《まじめ》な顔をしていた神田さんが、突然《とつぜん》破顔したので、私は驚《おどろ》いて彼女の方を見た。

神田さんはゆるゆると首を横に振《ふ》りながら、言った。

「あたしね、後藤さんのこと、結構嫌《きら》いだな～って思ってたんですよ」

「えっ……なに、急に」

突然の告白に、たじろぐ。

あまりに気安く絡《から》んで来るものだから、彼女の口からそんな言葉が出るとはまったく思っていなかった。

「いやぁ……なんというか。いつもすました顔してて、『私、みんなの憧れでしょ？』みたいな態度とってるけど、正直あたしには、そういうの、全部フェイクに見えてて」

神田さんはウィスキーグラスの縁《ふち》を人差し指でつう、となぞりながら言葉を続ける。

「この人は自分を強く見せることで自分を守ってるんだなぁって、そう思ってた。だから嫌《きら》いなんだなぁ……って、思ってたんですけど」

彼女はそこで、視線を上げて、私をじっ、と見た。

「シンプルに、同族嫌悪《けんお》だったみたいです」

「ど、同族嫌悪……？」

「そ。あなたのそういう臆病なところが見え隠れしてるのが、たまらなく嫌《いや》だったんだなぁ」

神田さんはしみじみとそう言って、にやりと笑う。

「吉田って、女を見る目がないのかも」

暗に馬鹿《ばか》にされていると思ったけれど、その対象には彼女自身も含《ふく》まれていると分かるから、噛《か》みつく気にはならなかった。

「結局、確証が欲しいだけなんですよね」

神田さんはそう言って、ラフロイグをぐい、と飲み干した。カン！　と音を立ててグラスをテーブルに置く。

「安心するための理由が欲しくて、そこに確信を持てるまでは不安でたまらなくて、不安が逃げ腰《ごし》な行動を呼ぶ」

神田さんは事実を列挙するように淡々《たんたん》と言ってから、自嘲《じちょう》的に微笑《ほほえ》む。

「そして、大事なものを取りこぼす」

加えて呟《つぶや》かれたその言葉には、彼女自身の実感が籠《こも》っているのが分かった。

「でもね、大人になってあたしも気付きましたよ」

「なにを？」

「人間関係に、確証なんてないってこと」

神田さんははっきりとそう言いながら、隣《となり》を通りがかった店員を呼んだ。「マッカラン、ロックで」と神田さんが言うと、店員は無言で頷いて、キッチンに向かっていく。

「安い焼き鳥屋のくせにウィスキーの品揃《しなぞろ》えだけ妙《みょう》にいいな……」

神田さんは小さく呟いて、ふっと視線を上げる。

「先を見通せてたら、他人との関わりにドキドキすることもないんですよ」

話を戻《もど》すように、彼女は言った。

「ほら、衝動買《しょうどうが》いとかも、ドキドキするじゃないですか。勢いで買っちゃった……！

って感じで。買ってみたら思ったより良くなかったりもするし、逆に、一生の宝物になる時もある。でも……元から良いと分かってるものを買うのは、買って、使ってみたら『思ってた通り』って満足して、それで終わりです。その後は『それを持ってる生活』になっていくだけ。感動はない」

なるほど、と呟いてしまう。彼女のたとえは非常に分かりやすかった。

思えば、私の『買い物』は彼女の言うようなやり方ばかりのような気がした。服も、自分に似合うと分かっているものばかりを買う。だから、初めて着る時も別にドキドキしたりしなかった。家電も、何もかも、事前に口コミなんかを調べて、「これは絶対使い良い」と分かっているものだけを揃《そろ》えた。便利だけれど、感動するのは最初だけだ。

思った通りの結果。ドキドキしない毎日。だというのに、そこに安心していたのが、私という人間だ。

「きっと、かけがえのないものって……後先考えない行動の先にあったりすることが多いのかもしれないですね」

神田さんはそう言って、テーブルの上にドン！　と置かれた新しいウィスキーを口に含んだ。

かけがえのないものを、後先考えない行動の先に摑《つか》む。

その言葉を受け取って、まず頭《あたま》に浮かんだのは……沙優《さゆ》ちゃんのことだった。

吉田君が沙優ちゃんにしたことは、まさに、そういうものだったように思う。

血縁《けつえん》でもない未成年を家に匿《かくま》う。しかも、異性の、だ。彼はそんなリスクを背負い、その関係性の間違《まちが》いに気が付きながらも、自分の信じる正義を貫《つらぬ》き通《とお》した。その結果、彼は何かかけがえのないものを得たんじゃないかと思うのだ。決して、褒《ほ》められるべき行動ではない。けれど……その行動は、少なからず、〝二人〟の人生を変えた。それだけは、間違いなかった。

勝手に私と同類だと思っていた吉田君が、その行動を貫き通したのを見て……私は『置いて行かれた』という気持ちになった。遼平《りようへい》に『留学する』と告げられた時と、同じ気持ち。

私はリスクを取ろうとしないくせに、自分が越《こ》えられないそのボーダーを踏《ふ》み越えていく人間には、激しく嫉妬《しつと》してしまう。とことん、心の醜《みにく》い生き物だ。

「あたしたちみたいな人間は、なかなか忘れられませんよ」

神田さんが、私を見つめて、言った。

「……何を？」

私が訊くと、彼女は妖《あや》しく笑う。そして、口ずさむように言った。

「失ったものの重さのことを」

胃がツンと冷えた。

彼女の言っている意味が、とても、理解できたから。

「あの時ほんの少しの勇気を振り絞《しぼ》れたなら……って、ずっとずっと、考える羽目になりますよ」

神田さんは脅《おど》すように、低い声で言った。

それから、けろっと明るい表情を作る。

「ま、そういうの全部抱《かか》えて生きてくのが大人ってことなのかもね～、なんつって」

その言葉はどこか教訓めいた響《ひび》きを秘めていたけれど、彼女のあっけらかんとした語り口がそれらを巧妙《こうみよう》に覆《おお》い隠しているようだった。

「後悔《こうかい》しないうちに、後藤さんもさっさと動いた方がいいと思いますよ～、三島ちゃんみたいに」

神田さんはそう言い、ウィスキーを一舐《な》めして、私を見る。

「ま、今日のうちに吉田が三島ちゃんに食われてなければ、ですけどね」

と付け加えた。明らかにこちらをからかう口調だったので、私は彼女をキッと睨《にら》む。

「あなたは私の味方なのか敵なのか、どっちなのよ」

「どっちでもないですよ。三島ちゃんも後藤さんもじれったいから、さっさとどっちかが付き合えばいいのに、って思ってるだけ」

「…………」

奥歯を噛んで押《お》し黙《だま》ってしまう私を見て、神田さんはけらけらと笑った。

「意外とカワイイとこあるんですね、後藤さんって」

「うるさいわね……」

こうして面と向かってからかわれることなんて滅多《めった》にないので、私は余裕《よゆう》ある対応をすることができなかった。そうされ続けるうちに、繕《つくろ》うことも諦《あきら》め始める。

そうするとなんだか、どんどん肩《かた》の荷《に》が下りるというか、気が楽になっていく感覚があった。

思えば、社会に出てからこういうふうに会社の人間と——吉田君や、幹部連中を除いて——気を抜《ぬ》いて話したことなどなかったような気がする。

神田さんは明け透《す》けな態度を取りつつも、私に対して敬意を欠いているわけでもないことは感じ取れた。会話の端々《はしばし》から私の「踏み越えられては嫌なライン」というのを繊細《せんさい》に感じ取り、それを越えない範囲《はんい》で気安く話しかけてきてくれている。

とにかく、話しやすいのだ。

「いや〜、なんか根本的な部分がちょっと似てるからか分かんないですけど」

随分《ずいぶん》と酒が回り、上機嫌《じょうきげん》に神田さんが言った。

「あたしたち結構ウマ合ってる感じしません？　また飲みましょうよ」

不思議と、嫌な気持ちはしなかった。こうして一方的に告げられた「ウマが合う」という言葉にも、妙に納得ができてしまう。私と彼女はウマが合っていると思う。

「まあ……あなたが、いいなら？　私もいいけど……」

私が答えると、神田さんはムッと口をへの字に曲げた。

「出た、そういう言い方。卑怯《ひきょう》ですよ、かなりムカつく」

神田さんにはっきりと言われて、私の心臓がドクリと跳《は》ねる。いくつになっても、誰《だれ》かから明確に叱責《しっせき》を受けると不安な気持ちになった。

「あたしも乗り気じゃない人を付き合わせるのは嫌なんですけど〜？」

神田さんはそう言って片方の口角をクイと上げた。

その様子を見て、私はため息をつく。安堵《あんど》と、申し訳なさの入り交じったものだった。

彼女は、少なくともこの二人の間では、素直であれと言ってきているのだ。

「ごめんなさい。クセなのよ……こういう言い回し。恥《は》ずかしいことだけど」

「分かってますよ」

「私もあなたと話すのは楽しいわ。だから、またやりましょう」

「ふふ、そういうことなら、喜んで」

神田さんはくつくつと笑ってから、グラスが空になるまでウィスキーを呷《あお》った。

ふと自分のグラスを見ると、すっかり空になっていたことに気が付く。

「店員さーん！　マッカラン、ロックで！　後藤さんは？」

「ビールおかわりで」

神田さんに水を向けられ、私が軽くビールグラスを持ち上げると、愛想の悪い店員は頷《うなず》きもせずに二人分の空きグラスを回収していった。

「……冷たくされるのちょっと気持ちよくなってきたかも」

神田さんがぼそりとそんなことを言うのを聞いて、私は噴《ふ》き出す。

それからは、とにかく楽しくお酒を飲んだ。

お互《たが》いに仕事の愚痴《ぐち》なんかを話したり、普段《ふだん》はしないような猥談《わいだん》をしたり。

ときどき「今頃《いまごろ》吉田君は、三島さんと何をしているのだろう」というようなことを考えそうになり、それを打ち消す。

自分でどうにもできないことについて考えるのはよした方がいい。

それよりも、これから自分がどうあるべきかを考えることの方が有意義だと思った。

そして、こうして彼女と飲んでいるのも、その一つ。

私はもう少し、自分を曝《さら》け出《だ》すことを覚えた方がいい、と。

深く、そう思った。

＊

翌日以降、私は吉田君と三島さんの二人をいつも以上に注意深く観察した。

けれど……なんというか、二人は〝不自然なほどに〟今まで通りだった。特に、三島さんの方は妙にすっきりした様子というか、これまでよりもテキパキと仕事をするようになった。

二人の間に何かがあったのは間違いないけれど、これまで以上に仲が深まった……という様子ではなかった。どれだけ〝いつも通り〟を装ったとしても、もし恋仲《こいなか》にでもなっていたら、お互いの所作の中にそれが表れるという確信があった。しかし、吉田くんと三島さんは会社内では仕事の話をするばかりで、それ以外の時間で目くばせを交わしたりすることもない。上司と部下、それ以上でもそれ以下でもない感じだ。

あまりに気になったので、私は数日後、それとなく吉田君を食事に誘《さそ》い、「三島さんとは最近どう？」という遠回しとも直球ともつかない問いかけをした。

吉田君は一瞬《いっしゅん》面食らったようだったけれど、すぐになんでもない表情になり、「最近あいつ仕事に力が入ってきたみたいで俺も嬉《うれ》しいですよ」と答えた。彼は何かを隠《かく》すのが下手だから、もっと動揺《どうよう》してみせるかと思っていたけれど、全然、そんなことはなかった。

おそらく、二人の間では、すでに決着がついているのだと思った。

三島さんが吉田君に想《おも》いを伝えたのかどうかは知らない。けれど、それに近い何かはきっとあり、二人が恋仲になることはなく……元通りの関係を継続《けいぞく》することを選んだのだろう。

そういった顚末《てんまつ》に想いを馳《は》せて、安堵すると共に、少し切ない気持ちになったのは……きっと、私自身が今では恋の苦しさを知っているからだろう。

三島さんが〝いつも通り〟を演出するのに、どれだけの精神力を消費しているのか、私には想像することもできない。

とは、いえ。

三島さんと吉田君が結ばれなかったのであれば、私にもまだチャンスがあった。チャンスがあるのであれば、動くべきだ。

私は、吉田君を食事に誘う機会を増やした。

ときどき、休日の昼に誘ってみたりもした。吉田君も、その誘いに応じてくれた。さすがにその後どこかに遊びに行ったりはしなかったけれど、休日にわざわざオシャレをして一緒《いっしょ》に食事をするだけでもなんだか特別感があり、きっと、彼もそれを感じてくれているだろうと思った。

そんなふうに、少しずつアプローチを増やして……少しずつ、少しずつ、距離感《きょりかん》を縮めていくうちに、季節は冬になった。沙優ちゃんが実家に戻《もど》ってから、半年弱が経《た》とうとしていた。

*

「いや、学生じゃないんだからさ……」

呆《あき》れたように、神田さんが言った。

神田さんに「恋の進捗《しんちょく》を聞かせろ」と言われて、会社終わりに、件《くだん》の焼き鳥屋に飲みに来ていたのだ。

私が吉田君に対してのアプローチを少しずつ増やしていることを告げると、神田さんの顔色が変わる。

「自分から動いてみる！　みたいなこと言ってから、もう何か月経ったと思ってんの？　その間にやったことって、結局一緒にご飯食べてるだけじゃん。日常の延長線上でしかない！」

神田さんは食いかかるようにそう言う。私の手に彼女の唾《つば》がかかって、さりげなく紙ナプキンでそれを拭《ふ》いた。

私と神田さんは定期的に飲むようになり、今では彼女は私に対してタメ口になっていた。悪い気はしない。

しかし、今日の神田さんはどこかいつもと様子が違《ちが》った。思えば、私を飲みに誘ってきたときから若干機嫌《きげん》が悪そうに見えた。

「な、何よ今更《いまさら》怒《おこ》り出して……。ご飯誘ってるって話はいつもしてたでしょ」

私が唇《くちびる》を尖《とが》らせると、神田さんは吼《ほ》えるように言う。

「いつもその話しかしないから、しびれを切らしてんでしょ!!」

「大きな声出さないでよ……」

「高校生カップルじゃないんだから、しょっちゅう一緒にご飯食べてるくらいで満足してどうすんの！」

「そういう日々の積み重ねから、気持ちを育んで……みたいな。そういう丁寧《ていねい》な恋愛《れんあい》だってアリでしょ？」

「付き合ってもないのに分かったようなこと言うなし。要は肝心《かんじん》なところではまだビビッてるってことでしょ」

うっ、と言葉に詰《つ》まる。図星だった。

そう。少しは勇気を出したといっても、結局私は今までのやり方を変えたわけではなかった。ただその頻度《ひんど》を増やし、私の気持ちが途切《とぎ》れていないことをアピールしているに過ぎない。そして、それに吉田君が気付いているのかどうかは……正直定かではない。

そんなことを面と向かって確認しようものなら、告白しているようなものではないか。

神田さんはため息一つ、言った。

「もう、さっさと襲《おそ》っちゃえばいいんじゃん」

「はっ？」

あっけらかんと発されたその言葉に、私は思わず間抜《まぬ》けな声を上げた。

「だってお互い好きなんでしょ？　もうヤッちゃえばいいでしょ。心も身体《からだ》も結ばれてハッピーエンド！　めでたしめでたし」

「いや、そんな簡単な話じゃ……」

「勝手に難しい話にしてるんだよ、後藤さんが」

そう言われて、口ごもる。

彼女の言う通りかもしれないけど、そう簡単に踏《ふ》ん切《ぎ》りがつく問題では……。

「まあ、襲うのは冗談《じょうだん》としても。とりあえずもっと分かりやすい行動をとるべきですよ」

「わ、分かりやすい行動……」

「そう！　ほっといたらほんとに他の女に盗《と》られちゃうかもしれませんよ！　三島ちゃん以外にも吉田のこと狙《ねら》ってる女がいないとも限らない」

神田さんの視線が私の顔に刺《さ》さる。

「あのね、時間ってのは残酷《ざんこく》だよ。吉田に『次はそっちから告白してください』だなんて言われて、彼をキープしてる気になってるかもしれないけど。吉田だって人間なんだから、寂《さび》しくなったら彼女欲しくなるかもしれないじゃん。そんで、後藤さんにはハッキリそう言っちゃったわけでしょ。そっちから告白しろってあいつが言ったなら、あいつは意地でも自分からは告白してこないと思う。どうすんの、後藤さんがグズグズしてる間に他のカワイイ女の子から告白されて、そっちになびいちゃったら」

彼がそんなことをするはずがない、と、思ったけれど。

そう言い切れる根拠《こんきょ》は、すべて、私の中にある〝吉田君像〟から得たものでしかない。

神田さんの言う通りだ。時間が経過すれば、少しずつ人は変わっていく。彼の中で、私という存在が時間経過と共に小さく、どうでもいいものに変わっていくことを想像したら、ゾッとした。

「あはは、いい顔」

神田さんが笑う。

「その言い方やめて」

「え～？　だっていい顔だもん。いつも余裕《よゆう》ぶってる人の、慌《あわ》てた表情って好きだわ～」

「性格悪いわよ」

「今更すぎ。で、どうすんの。本気で吉田のことオトしにいくんでしょ」

「……そ、そうだけどぉ」

「ほら、動かないとどんどん後手に回っちゃうよ。他の女に盗られたら後悔《こうかい》するに決まってるんだから」

「そうだけど！」

「じゃあ、動くしかないじゃん。両想いのうちに、早く！」

「ああ、もう！」

捲《まく》し立《た》てられて、私は人生で一番顔を熱くしながら、ビールをぐい、と飲み干した。

神田さんは「おー」と暢気《のんき》に声を上げている。

「なんでそんなに焚《た》きつけるわけ！　あなたに何の得が？」

私がやけっぱちに訊《き》くと、神田さんはもぐもぐと焼き鳥を食《は》みながら、きょろきょろと視線を動かす。口の中の物を飲み込んでから、言った。

「んー……二人が結ばれたら、いよいよすっぱり諦《あきら》められるから？」

その答えに、私は「はー」と気の抜《ぬ》けた声を漏《も》らした。

そう、神田さんは吉田君と付き合っていた。そして、別れてもなお、そのことを後悔し続けていると知っている。

本人はもう吹《ふ》っ切《き》った、というような態度を取っているが、やはり完全に割り切れているわけでもないみたいだった。

「私に説教しといて、自分はその姿勢なわけ」

私が責めるように言うと、神田さんはバツが悪そうに肩《かた》をすくめる。

「だって、もう遅《おそ》いんだって。あいつ、誰《だれ》かのこと好きになったらその人のことしか見えないの知ってるし」

「だからって諦めちゃったわけ？　なんにもしないで？」

「いやいや、ホテル誘ったりはしたけど」

「ホ………」

流れを奪《うば》ったと言わんばかりに捲し立てていると、突然《とつぜん》カウンターパンチを食らって、息を呑《の》む。

「でも断られた」

「ああ……そう」

「めっちゃホッとした顔するじゃん」

「そりゃ、そうでしょ！」

「あはは、そりゃそう。確かに」

神田さんはけらけらと笑い、私を見た。

「さっさと割り切りたいんだよね。それに、もどかしい恋愛見てるとイライラするし。三島ちゃんもそうだったけど」

彼女はそう言ってから、せせり串《ぐし》に口を付けた。

もぐもぐ。きょろきょろ。

食べている時に視線が細かく動くのは、彼女のクセのようだった。

ごくりと飲み込んでから、神田さんはまた話し出す。

「ま、三島ちゃんの恋愛は終わったみたいだけど」

彼女が妙《みょう》にはっきりと言い切るので、私は首を傾《かし》げた。

「なんでそんなことが言えるわけ」

「見てりゃ分かるでしょ」

「……まあ、それは」

「であれば、やっぱり吉田の心の中には後藤さんしかいないと思うよ。今は」

再びきっぱりとそう言い切る神田さん。

「時間経過が云々《うんぬん》って話をしたけど……。そんなに簡単に心が変わるなら、はなから好きになったりしないよ、あいつは」

そう言って、神田さんは目を伏《ふ》せる。

「だからこそ……惜《お》しいことをしたな、って……思ってるわけで」

スッと彼女の表情の温度が下がったのが分かった。

確かに、彼女が吉田君との連絡《れんらく》を絶たなければ、きっと二人は今でも付き合っていただろうし、結婚《けっこん》もしていたのかもしれない……と思う。

不安《ふあん》に駆《か》られていろいろ口にしてみても、結局私も、彼の義理堅《ぎりがた》さや一途《いちず》な部分は理解しているつもりだった。だって……私と彼が知り合ってから、もう五年も経っているのだ。つくづく嫌《いや》な性格だと思うけれど、彼が私に明確な好意を向けだした時期だって、分かっているのだ。彼は五年間も、私への恋心《こいごころ》を温め続けていた。それは、尋常《じんじょう》ではないことだと思う。

「とはいってもね、さっきも言ったように、人の心に確実なことなんて何もないわけで」

すっかり元の調子に戻って、神田さんは言った。

「フリーな時間を与《あた》えすぎたら、心変わりだってないとも言い切れないよ」

「……」

私は沈黙《ちんもく》した。

吉田君には、「次は後藤さんから告白してください」とはっきり言われていた。彼がそう一度口にしたからには、きっとそれが覆《くつがえ》ることはない。

そうなれば、私から動かなければ、ずっと今の関係が変化することはないのだろう。

そこに安心している節も、あった。

しかし、三島さんの一件を経たことで、私も具体的な想像をしてしまう。彼が他の女性と付き合いだした時のことを。

彼の視線が他の女性に注がれる情景を想像して。

とても、嫌だな、と思った。

「……本当に、いいのね」

私が言うと、神田さんはスンと鼻を鳴らした。

「別に、吉田はあたしのじゃないし」

「あなたは、ちゃんと諦められるのね？」

「そういうこと訊くのが、後藤さんの悪いところだって……」

「いざ付き合いだしてから、吉田君のこと盗ったりしないのよね！」

私が、自分の思った以上に大きな声でそう言うのを聞いて、神田さんは目を丸くした。

そして、失笑する。

「あはは!!」

「な、なによ……」

「いや、後藤さんってほんと……」

神田さんはくすくすと肩を揺《ゆ》すりながら、言った。

「臆病《おくびよう》な人」

その言葉には、少しばかりの親しみが籠《こも》っているような気がした。

「盗らないってば。そんだけ臆病じゃあ、あたしがこう言ったって信じやしないんでしょう」

「いや、それは……」

「だったらもう何も気にせず動いたらいいじゃん。考えるだけムダ」

神田さんはさっぱりと言って、いたずらっぽくにやけながら言う。

「じゃあもう明日《あした》にでも、仕掛《しか》けちゃおうよ」

そう言われて、頭が真っ白になった。

「仕掛けるって……何をどうしたらいいのか……」

「そんなん、デートにでも誘《さそ》えばいいじゃん。ああ、時間を与えないって意味では旅行とかもいいかも？」

「りょ、旅行……？」

「そうそう。一泊《いっぱく》二日で温泉旅行とか？」

「ええ……そんな、いきなり……」

「いいでしょ！　そんなん誘われたら、向こうだってそれなりに覚悟《かくご》してくるはず。もうチケットも先に取っちゃうのがいいよ。逃《に》げ道《みち》がないように」

「いや、でも予定とかがあったら……！」

「吉田の休日に予定なんかあるわけないでしょ！」

堂々とすごく失礼なことを言っている……と思うけれど、正直「確かに」と思ったので、心の中で彼に謝っておく。

「一日目、いい感じでデートして……ご飯食べて、温泉入って……つやつやになったとこでお酒を飲むわけ」

「う、うん……」

「で、お互《たが》い酔《よ》っ払《ぱら》ってきたあたりで、告白する」

「……断られたら」

「はいはい、断られない、断られない。で、そのまま一緒《いっしょ》に寝《ね》る！　既成事実《きせいじじつ》まで作っちゃえば、もう吉田は後藤さんのものというわけ！」

「そんなに上手くいくかしら……」

「失敗したときのことは考えない！　絶対しないし」

神田さんは私の言うことすべてを軽く受け流しながら、スマートフォンを取り出した。

「じゃあ、次の休日で宿探そ」

「つ、次の休日⁉」

「何か予定でも？」

「ないけど……」

「じゃあいいじゃん」

彼女はぴしゃりとそう言って、スマホの画面をぽちぽちとタップする。

「どこ行く？　温泉なら鬼怒川《きぬがわ》とか草津《くさつ》とか……いやでもあのへん全然見るもんないしな

……あ、京都とかいいんじゃない？　デートにも困らないし、温泉もある！」

「じゃ、じゃあ京都で……」

「いいね～。あ、あたし八ツ橋好きだよ。よろしくお願いします」

「うん……」

有無を言わさず話を進めていく神田さん。

強引だなぁ……と、思いつつも、多分これも彼女なりの気遣《きづか》いな気がしていた。私に任せていたらどんどんと後ろ倒《だお》しになると分かっているのだろう。言葉通り、私の逃げ場《ば》をなくしてくれているのだ。

デート。しかも、泊《と》まりで。吉田君と。

神田さんが楽しそうに私にスマホの画面を見せながら宿を吟味《ぎんみ》しているのに、ぼんやりと相槌《あいづち》を打ちながら、私は吉田君との旅行に思いを馳《は》せた。

とても……ドキドキしている。

人生のうちでこんなにドキドキしたことはない……と思うほどに、私の胸は高鳴っていた。

結局、私と神田さんの『作戦会議』は終電間際まで続き、終わる頃《ころ》には二人ともベロベロに酔っ払っていた。

何度も話が脇道《わきみち》に逸《そ》れ、気付けば私は大学時代の恋愛《れんあい》の失敗などについても神田さんに話していた。彼女は私の初体験の失敗をゲラゲラと笑って聞き、「彼氏さんかわいそ〜！」と妙に楽しそうに言っていた。私の心の中で重く燻《くすぶ》っていた過去を笑い飛ばしてもらえたのが、なんだか心地《ここち》よかった。

焼き鳥屋を出て、足の裏が地面についている感覚もないまま、よろよろと二人で肩を組んで駅まで歩く。

普段《ふだん》はしないような思い切ったことをしているという高揚感《こうようかん》ももちろんあったけれど……。

こうして恋愛の話をすることができる相手ができたこと自体も、なんだかとても嬉《うれ》しかった。

「いやぁ〜……楽しみだなぁ。お泊まり旅行！」

「あなたが行くわけじゃないでしょ〜……」

ゆらゆらと左右に揺れながら歩く神田さんは陽気だった。

「初体験の感想、後で教えてね〜」

「馬鹿《ばか》。教えないわよ、そんなの」

「え〜、ケチ！　作戦考えてあげたのに！」

「誰《だれ》でも思いつくような作戦でしょ。デート、お泊まり、お酒！」

「でもあたしが後押ししなかったら絶対そんなことしなかったでしょ～」

「……まあ、それは……うん……」

私は少し恥《は》ずかしい気持ちになりながらも、素直な気持ちを伝えることにした。

「……ありがとう。背中押してくれて」

私がそう言うと、神田さんは「へっへっへ」と変な声で笑ってから、私の背中をバシッと叩《たた》いた。

「お礼は、成功してから！」

そう言って、神田さんはニッと歯を見せて笑う。そして、その表情がいたずらっぽいものに変わる。

「後藤さんが失敗したら、あたしも諦《あきら》めつかなくなっちゃうかもしれないし？　せいぜい頑張《がんば》ってくださいよぉ」

「……ええ。今回くらいは、頑張るわよ」

私が答えると、彼女は目を真ん丸にして私を見つめてから、「ぶはっ」と噴《ふ》き出した。

「乙女《おとめ》～!!」

「もう、あんまりからかうと怒《おこ》るわよ！　あと歩きにくいからこっちに体重かけないでよ!!」

「え～、後藤さんずっしりしてて安定感あるからさぁ」

「どういう意味よそれ!!」

きゃーきゃーとじゃれながら、駅へと向かう。

私は、吉田君とのデートへの高揚感と……数年間すっかり私の生活の中から消えていた〝友人〟と呼べる存在に頼《たの》もしさを感じながら、家路についた。

3話 決行

飲みすぎた。

肝臓《かんぞう》の薬を飲み、たくさん水を飲んで寝たはずだったが、起床《きしょう》後すぐに、まだお酒が残っているのを感じた。寝室《しんしつ》も、飲みすぎた日特有の、人体を介《かい》したアルコール臭《しゅう》がして、慌《あわ》てて換気《かんき》をする。

ズキズキと頭が痛むのを感じながら、オートミールを胃に流し込み、頭痛薬を飲んだ。実際の効果が出るのはもっと時間が経《た》ってからのはずなのに、薬を飲んだ途端《とたん》に少しだけ頭痛がマシになったような気がするのは不思議だ。

浴室へ行き、いつもより念入りに髪《かみ》や身体《からだ》を洗った。少しでもアルコール臭を残すわけにはいくまい。

シャワーから上がったら全身に保湿《ほしつ》クリームを塗《ぬ》り、冷風ドライヤーで髪を乾《かわ》かす。このあたりのルーチンをこなし始めた頃には、薬が効き始めたのか、頭痛は感じなくなっていた。

そして、軽い二日酔いによる頭痛で思考の端《はし》に追いやられていた現実が押し寄せてくる。

今日、私は吉田《よしだ》君をデートに誘う。しかも、お泊まりデートだ。

昨日は神田《かんだ》さんにまんまと乗せられて後半は若干私も前のめりになっていたけれど……よくよく考えたら、まだ付き合ってもいないのにお泊まりデートというのは飛ばしすぎなんじゃなかろうか。

吉田君は真面目《まじめ》な男だから――少なくとも私の認識では――突然《とつぜん》お泊まりになんて誘ったら、「まだ付き合ってないですから」とか言われて終わってしまうような気もする。

いや、でも彼だって、初デートで「家に来ませんか」なんて言ってきたし、モノにしようとするときはそういうものなのか……？

脳内に「失敗するビジョン」ばかりがぐるぐると回り出した辺りで、私はぺちぺちと自分の頰《ほお》を叩いた。

「弱気になってはダメよ……」

そう、この弱気がすべての元凶《げんきょう》なのだ。

先のことをネガティブな方向で想像して、そのせいで動き出せない。今までずっとそうだった。

今こそ、変わらないといけない時だと思った。

「よし……やるわよ」

自分を鼓舞《こぶ》するように呟《つぶや》いて、私はいつも以上に気合いを入れて身支度を整えた。

＊

終業後、吉田君を夕ご飯に誘《さそ》った。

私が何も言わないと焼肉屋になりそうだったので、今回は「今日は落ち着いてご飯が食べたい気分」などと言って、ちょっとオシャレなイタリアンの店に入る。

何を言うにも、ムードというのは大切だ。焼肉屋でお泊まり旅行を提案するなど、それこそ付き合って随分《ずいぶん》と経つカップルのやることだと思う。

何やらオシャレな名前のお肉のプレートを頼み、ちょっと背伸《せの》びをして信じられないほど名前の長い赤ワインを飲んだ。

なんだかいろいろと会話をした気がするけど、内容を全然覚えていない。

私は彼と話しながら、とにかく、旅行に誘うタイミングを計っていた。しかし、そんな私の様子はやはりいつもと違《ちが》ったようで、吉田君は首を傾《かし》げた。

「どうしたんすか？　なんか落ち着かない様子ですけど。予定でもありました？」

「えっ？　いや、予定なんてないけど……」

「そうですか？　腕時計《うでどけい》を見てたから……何もないなら、いいですけど」

「あ、えっと、あはは……」

あまりに落ち着かなくて、私は無意識のうちに腕時計に視線を落としていたようだった。確かに何度も腕時計を見たという記憶《きおく》はあるけど、完全に無意識の行動だった。

「あのっ……吉田君っ？」

自然に声をかけようとしたのに、声が裏返ってしまう。

彼はぎょっとしたように目を丸くした。

「ど、どうしました……？　やっぱ今日ちょっと変ですよ」

「いや、いつも通りなのよ。うん。なんにもないの。そうじゃなくてね」

「はい？」

「えっと……だから……」

『自然』とはかけ離《はな》れた入りになってしまったけれど、ここで誤魔化《ごまか》せば本当にタイミングを失い続けてしまう気がした。

ええい、ままよ。という気持ちで。

「その……今週の土日って、何か予定あったりする？」

私がそう訊《き》くと、吉田君は一瞬《いっしゅん》ぽかんとした表情を浮《う》かべてから、破顔した。

「はは、あると思います？」

イラッとする。

「あるの？　ないの？」

顔が熱くなるのを感じながら私が再度訊くのに、吉田君は「おお……」と声を漏《も》らしてから、「ないですけど……」と答えた。

『その、質問に質問で返すのやめたほうがいいと思いますよ。ウザいから』

神田さんに言われた言葉を思い出す。今その気持ちがよく分かった。

ウザいとまでは言わないけれど、じれったい。今後はよしておこう、と、思う。

「ないのね？」

私が念押しのように訊くと、吉田君は困惑《こんわく》した表情を浮かべながら、頷《うなず》いた。

「ええ……何も。それが何か？」

「その……えっと……」

「？」

普通《ふつう》、意中の相手から休日の予定を訊かれたらもっと何かを期待するような表情を浮かべるものなんじゃないのか。

吉田君は本当に私の質問の意図が分からない、というように首を傾げている。

やはり、私は彼の『意中の相手』ではなくなってしまっているのでは……。

そんな気持ちを、ぎゅっ、と心の奥にしまい込んで。

深呼吸をした。

「りょっ……」

「りょ？」

「旅行に……行かない？」

私が言うと、吉田君は数秒間、硬直《こうちょく》したまま動かなかった。

そして、突然、焦《あせ》り出す。

「えっ……りょ、旅行ですか⁇」

「うん、そう」

「ふ、二人で？」

「そうよ？」

「土日……ってことは……と、泊《と》まりってことですか？」

「ええ」

「ええ……？　いや、予定はないですけど……そんな急に……」

明らかに困惑した様子の吉田君。困惑の奥に喜びがあるのかどうかすら、私には分からなかった。

「きょ、京都に行きたいの！」

「は、はい？」

「京都！　ずっと行ってみたかったのよ。でね？　思い立って温泉旅館を予約したの。旅サイトで良さそうな旅館を調べて、ここいいじゃない！　ってなって、予約してみたらなんか思ったより値段が高くて。温泉旅館ならそんなものなのかなって思いながら確認メールを見たら、私間違《まちが》って二人用の部屋を予約しちゃってたみたいで。せっかく二人用の部屋を予約したんだから？　誰《だれ》かと一緒《いっしょ》に行かないともったいないって思ったわけだけど、私旅行に誘えるような友達なんていないし、気を抜《ぬ》いてご飯食べたりお酒飲んだりできる相手って吉田君しかいないわけだから、そうなったらもう吉田君を誘うしかないじゃないってなったの！」

「ご、後藤《ごとう》さん……？」

「急に誘ったら悪いかなって思ったりもしたけど、でももう予約しちゃったからしょうがないでしょ？　予定があるなら仕方ないけど、ないんだったら来てくれてもいいと思わない？　ほらお土産《みやげ》だって社内全員分買おうと思ったら結構な荷物になっちゃうし。吉田君が手伝ってくれたらだいぶラクできるんだけどな～？」

「後藤さん、分かりましたって」

「で、どうなの！　来るの、来ないの!?」

「行きます、行きますから!!」

「へ？」

夢中で捲《まく》し立《た》てていた私の思考がストップする。

今、行くって言った？

「今、行くって言った？」

思考がそのまま口からまろび出る。

「ええ……予定もないですし」

「ほんとに？」

「まあでも一緒の部屋ってわけにもいかないし、俺もどっか宿取りますよ。行きと帰り、それと観光は一緒にして、泊《と》まる宿は別でもいいでしょう」

「いや!!　いやいやいや、さすがに悪いわよ。宿泊費《しゅくはく》は私が出すから！　そうじゃないともったいないでしょ？　お互《たが》いいろいろ気を付ければ同じ部屋でも問題ないわよ。しかも予約した部屋、客室露天風呂《ろてんぶろ》もついてるんだから吉田君も入らないともったいないでしょう！」

「で、でも……」

「私がいいって言ってるんだから、いいでしょ！」

パッションで押し切るにもほどがあった。

吉田君は未《いま》だに慌《あわ》てたように視線を動かし続けているけれど……ついには、頷く。

「分かりました。そこまで言うなら……」

「ほんと？　来てくれる？」

「ええ。断る理由も特にないですし……」

あまり乗り気には聞こえない返事だったけれど……それよりも、私は断られなかったことに安堵《あんど》していた。

「じゃあ、約束ね！」

「え、ええ……そんなに念押ししなくても……」

「ふふ、そうよね。吉田君は約束を守る男だものね」

「はい、まあ……」

「ちょっとお手洗《てあら》いに行ってくるわね」

「あ、はい。行ってらっしゃい」

私はテーブルから離れ、足早にお手洗いへと向かう。

ドアを閉め、鍵《かぎ》をかけ……。

「はぁ～～～～～……………」

思い切り息を吐《は》き、その場でばたばたと暴れた。

全身が火照っている。緊張《きんちょう》から解き放たれてもなお、胸がばくばくと高鳴っているのが分かった。

「……良かった～～………」

まったくスマートとはいえない誘い方になってしまったものの、とにかく、約束を取りつけることができた。

彼は一度来ると言ったら必ず来てくれるだろう。

「後は当日、頑張《がんば》るだけ……」

そう呟きながら、その時のことを考えて……。

「～～～～!!」

また、私はばたばたと暴れた。

こんな歳《とし》で一体何をやってるんだ、と思う自分もいたけれど、この感情を抑《おさ》える方法が分からなかった。

恋《こい》とはこんなに苦しく甘やかなものだったのかと、思い知る。

この時は、大きな出来事を一つ乗《の》り越《こ》えたような気がしていた。

しかし、私と彼の物語において……この旅行は、ただの「スタート地点」でしかなかった。

4話　葛藤

「興味ある内容だから取った科目の講義だったのに、教授がマジで教科書読むだけでさ、しかもめちゃくちゃボソボソ喋《しゃべ》るから聞き取るのも大変だし！　マジであの講義を何か月も受けるんだと思うと気が滅入《めい》るわ」

「そうかー……」

「で逆に単位取るためだけにとりあえずで取った講義が思ったより面白かったりしてさぁ！　ホント、何が起こるか分かんないよね～。次回の履修《りしゅう》登録は全部適当に直感で決めちゃおうかな～なんて思ったりして」

「おー……」

「…………聞いてないでしょ」

「あ？」

突然《とつぜん》あさみの声の雰囲気《ふんいき》が変わって、彼女の方に視線を移すと、鋭《するど》い視線が俺に刺《さ》さった。

「あ、ああ……悪い」

彼女の言う通り、俺は考え事で忙《いそが》しく、あさみの話を聞き流してしまっていた。

素直に謝ると、あさみは膨《ふく》れっ面を作る。

「まあいいけどさぁ。吉田《よしだ》さんにとってはどうでもいいことだろうし？」

「そういうつもりはねぇけど……」

「でも今日ず――――っとぼ――――っとしてるけど？」

「ああ、すまん……」

「そうじゃなくて！　何考えてんの？　って」

あさみの容赦《ようしゃ》ない視線が俺に注がれて、思わず目を逸《そ》らしてしまった。

「別に、お前には関係ないだろ」

「あー！　またそういう言い方するし！　傷付くわぁ！」

「というか！　こんな時間に押しかけて来た方が悪いだろ！」

たまらず俺が言い返すのに、あさみは口をへの字にする。

「そりゃ悪いと思ってるけどさ……いつでも来ていいって言ってたじゃん」

「まあ……それは、そうだな。悪かった」

「謝ることないけど……百こっちが悪いし」

後藤《ごとう》さんとの夕食を終え、家に帰ると、ドアの前にあさみがいた。

つい最近もこんなことがあったな……と思いながら事情を聞くと、やはり今日も両親が大喧嘩《おおげんか》をしているらしい。

彼女の両親は一度喧嘩を始めるとかなり長い間わだかまりが解けないらしく、些細《ささい》なことでヒートアップしがちなんだそうだ。

何をするにも集中できないし、下手すると巻き込まれるので、彼女は家からこっそり出てきたわけだ。そして、高校生がこんな時間に一人で時間を潰《つぶ》す場所もなく、仕方なく俺の家へ。

それ自体はまったく問題ないのだが……今日はちょっと、タイミングが悪かった。

「なんか悩《なや》んでるなら話聞くけど？」

あさみは心配そうに俺を見つめている。

こういう顔をされると、弱い。心配してくれているのに、こちらがだんまりというのはなんだか居心地《いごこち》が悪いのだ。

「まあ、いろいろあったんだよ……」

誤魔化《ごまか》すように俺が言うと、あさみはまたもや口をへの字に曲げてから、少し語気を強めた。

「だから、いろいろってなんだし！」

「いや、それは……」

「言えないことじゃないなら、話してみ？」

あさみは引くことなく、ずい、とこちらに顔を突《つ》き出《だ》す。

話せないことではないが……少し、照《て》れくさい話だった。

こんなことを女子大生に相談するのもなんともみっともない気がする。

とは、いえ。

あさみがいる間じゅうずっとぼーっとしているわけにもいかない。

俺はようやく腹を括《くく》った。

「きょ、今日な……」

「うん」

「後藤さんに、デートに誘《さそ》われたんだよ」

俺がそう言うのを聞いて、あさみの目がみるみるうちに丸くなった。

「マジ⁉」

「しかも……と、泊《と》まりらしい……」

「お泊まりデート⁉⁉」

あさみが飛び上がる勢いで叫《さけ》んだ。

「いろいろすっ飛ばしすぎじゃん⁉」

「そうだよな？　そう思うよな！」

「でもそれだけ本気ってことなんじゃ？」

あさみにそう言われて、俺は口ごもる。

「……それは、どうなんだろうな………」

「なんで好きな人にデート誘われてそんな顔できんの……？」

あさみはドン引きといった様子で顔をしかめた。

「いや、だって、後藤さんだぞ？　俺のことドキドキさせるだけさせて、なんもなく終わって、『旅行、楽しかったわね』とかフッーな顔で言われるのがオチなんじゃないのか？」

「なんでそんな人のこと好きなん？」

「俺も分からん‼」

「突然キレんなし！」

俺は深いため息をつき、ベッドにもたれかかった。

「…………しかも、一部屋らしい」

「ええ……？　二人で一部屋？」

「ああ」

「そんなん…………そんなんさぁ……」

あさみは顔を赤くしながら、小さな声で言った。

「〝ある〟に決まってんじゃん……いろいろ」

「そうだよなぁ!!」

「うわびっくりした！」

「でもそんなわけないんだよ!!」

「声でかいってば！」

俺は後藤さんの前では平静を装ったが、内心ものすごく混乱していた。

後藤さんが突然《とつぜん》泊まりがけの旅行に誘ってきた。しかも断られないようにご丁寧《ていねい》に言い訳まで用意してきている。彼女は誤魔化せていると思っているかもしれないが、あれはさすがの俺にもバレバレなほどに〝用意された文句〟だと分かった。

舞《ま》い上がらないはずがない。

でも、同時に不安になるのだ。彼女は戯《たわむ》れに俺を旅行に誘っているのではないか？　俺の恋心《こいごころ》を弄《もてあそ》んでいるのではないか？　と。

あさみの言う通りで、俺はなんでそんなことを疑ってしまうような相手を好きなのか分からない。でも、好きなものは好きなのだ。五年間も温め続けた恋がもしかしたら結実するかもしれないと思うだけで、心が躍《おど》ってしまう。

「で、行くの？」

あさみはそわそわしながら訊《き》いてくる。

「ああ……行くって言った」

「エーッ！　ガチなやつじゃん!!」

あさみはそう声を上げてから、「あ」と気まずそうに口元を押さえた。

「ほ、本気のやつですわね……」

「無理すんなよ」

彼女は大学に上がってからは努めて今までの口調を封印《ふういん》しようとしているフシがあった。俺のことを「吉田さん」と呼ぶようになり、普段《ふだん》の口調も少しずつ落ち着いたものに変わっていっているが……時折、こうして興奮したときに素が出る。

「じゃあさ、もし相手が〝その気〟で誘ってきてたら、吉田さんもその気持ちに応えるってことでしょ？」

あさみは興奮気味にそう訊いてくる。

後藤さんが〝その気〟で来るというのがまったく想像つかなかったが……もしそうだとしたら。

「まあ……そうなるな」

俺が断る理由は、一つもなかった。

そう答えると、あさみは「だよね」と笑って、それからなぜか、しゅんとしたように視線を下げた。

「……なんだよ」

俺が訊くのに、あさみは力なく首を横に振《ふ》った。

「吉田さんの恋《こい》は応援《おうえん》したいけどさ。なーんか……ちょっと、切ないな、って思って」

あさみの言葉に、俺もどう返事をしていいか分からなくなる。

彼女が言わんとしていることは分かっているつもりだ。

「……沙優《さゆ》のことか」

俺の問いに、あさみは弱弱しく頷《うなず》く。

あさみと沙優は、連絡先《れんらく》を交換《こうかん》している。ときどき電話もしていると聞くし……おそらく、沙優が俺に異性として好意を持っていることも、知っているのだろう。

そうでなければ、こんな反応はしないはずだ。

「吉田さんはさ……沙優ちゃんのこと、なんとも思ってなかったわけ？」

訊かれて、どう答えたものか、迷う。

「なんともって……なんだよ」

「だからさ、可愛《かわい》いな～、とか、好きだな～、とかそういう……」

「……可愛いとは思ってたよ」

俺が素直に答えると、あさみは驚《おどろ》いたように口を半開きにした。

「なんだよ、訊いといて……」

「いや、えらく素直だからさ……」

「事実だからな。最初から、可愛いとは思ってたよ」

「じゃ、じゃあ……」

「でも、それと恋愛《れんあい》は別だよ。それに、あいつは未成年で、俺は大人だ。大人が未成年に手を出すのは犯罪なんだ」

「お互《たが》い好きなら年齢《ねんれい》は関係な――」

「恋愛的に好きだと思ったことはない」

俺がはっきり言うとあさみは悲しそうに押《お》し黙《だま》る。

「俺にとってあいつは守るべき対象で、それ以外のなんでもなかった。確かに、俺の生活の寂《さび》しさを埋《う》めてくれたのも沙優だったけど……だからって、あいつと〝そういうふうに〟なりたいと思ったことはないんだ」

嘘偽《うそいつわ》りない、言葉だった。

俺がそう言うのを聞いて、あさみは神妙《しんみよう》に頷く。それしかできない、というように。

「……そっか」

「ああ」

「……じゃあ、しょうがない」

あさみはそう言って、ニッと笑った。

「吉田さんも、自分の恋《こい》で精一杯《せいいっぱい》なんだもんね。みんな一生懸命《いっしょうけんめい》、自分の人生やってるだけなんだもんね」

あさみは何度も頷きながらそう言って、それから、寂しそうな微笑《ほほえ》みを浮《う》かべる。

「……ままならないねぇ」

そう呟《つぶや》く彼女に、俺はなんとも声をかけることができなかった。

数秒の沈黙《ちんもく》の末、あさみがパッと顔を上げると、そこにはいつものような明るい表情が浮かんでいた。

「ま！　誘われたならとりあえずなんも考えずに行ってみたらいいじゃん！」

話が元に戻《もど》っている。彼女の中で、沙優の話は終わったということだろう。どこか俺への気遣《きづか》いも感じられたが、そこには触《ふ》れないでおく。そして、その気遣いを……ありがたく受け取っておく。

「なんも考えないってのは難しいな……」

「なんで？」

「そりゃ、そうだろ！　一回フられた相手に突然《とつぜん》旅行に誘われて、どういう気持ちで行けばいいんだよ」

「でも、後藤さんも吉田さんのこと好きなんでしょ？」

「そりゃ……そうらしいけど……」

あさみには、以前しつこく〝恋バナ〟を振られ、後藤さんとのことについてはあらかた話している。きっと彼女はその時も俺と沙優の話について聞きたかったのだろう。たいそう驚きながらその話を聞いていた。まるで、俺の恋愛の相手は沙優以外にいないとでも思っていそうな様子だった。

「好きな相手のことなのにまったく信用してないのなんかウケる」

「そういう人なんだよ……」

フリーだったのに「恋人がいる」なんて嘘をついてフッてきた相手だ。今更諸手《いまさらもろて》を挙げて信用するのは難しいに決まっている。

「でも旅行に誘《さそ》うってのは、さすがに生半可なことじゃないと思うけど？」

「……まあ、そりゃ」

「後藤さんが遊びまくってるタイプの人なら話は別だけど」

「馬鹿《ばか》、そんな人じゃない！」

「急にキレるのびっくりするってば」

あさみはくすくすと笑って、俺を見る。

「どのみち、行ってみないことには始まんないでしょ！　うじうじしてないで覚悟《かくご》決めなって！」

「……ああ、そうだな。それは、そうだ」

彼女の言う通りで、どのみち、約束をしてしまったからには行かないという選択肢《せんたくし》はない。

であれば、俺のやるべきことはただただ覚悟を決めるというその一点に尽《つ》きるのだが……。

「でもなぁ……」

「も〜〜！　沙優ちゃんの時はかっこよかったのに！」

その日は夜遅《よるおそ》くまであさみに懇々《こんこん》と説教された。

年下に恋愛についてあれこれ言われるのはなんとも情けなく、カウンターとして「そういうお前はどうなんだよ」と訊くと、彼女は目を白黒させながら「ウチの話は今関係ないでしょうが!!」と叫《さけ》んだ。

あさみが帰って、寝間着《ねまき》に着替《きが》え、ベッドに入ってもなんだか落ち着かなかった。

後藤さんと、旅行をする。

二人で並んで観光をするというだけでもまったくまともな想像もつかないような出来事なのに、その後に同じ部屋に泊《と》まるというのだ。

部屋には客室露天風呂《ろてんぶろ》もついていて……。

「…………」

湯上りに、二人で過ごす。

酒なんかも飲むかもしれない。

酔っ払《よっぱら》って、同じ部屋で眠《ねむ》る。

「…………」

妄想《もうそう》が生々しくなってくると、突然、脳裏に数か月前の出来事が過《よぎ》る。

三島《みしま》にキスをされた時のことだった。

思わず、唇《くちびる》を触《さわ》ってしまう。

未《いま》だに、その感触《かんしょく》が思い出された。

柔《やわ》らかな唇。熱い吐息《といき》。舌が絡《から》まった時の湿《しめ》り気《け》。

ぶんぶんと頭を振った。

三島は全力で告白をしてくれた。そしてその爪痕《つめあと》を残そうと俺にキスをした。

言葉にすればそれだけだ。彼女の想《おも》いを受け止める義務が俺にはあると思った。

しかし……しかしだ。

俺は今まで、沙優と一緒《いっしょ》にいることで、自分の中に潜《ひそ》む〝性欲《せいよく》〟を努めて排除《はいじょ》しようとしてきた。

俺の〝自由な〟時間は休日に沙優がバイトに出かけた時だけで、それ以外にそういった欲がこらえきれなくなった時は声を潜めながら風呂場《ふろば》でなんとか処理して、念入りに流したものだった。それらもすべて、彼女の〝良き保護者〟でありたいがためだった。

しかし、その使命感すらなくなった今では、俺にはそういった枷《かせ》がまったくない。

再び、キスの感触が唇の上に蘇《よみがえ》る。

「だ――――!!　クソッ!!」

掛布団《かけぶとん》を吹《ふ》き飛ばしながら、俺は身体《からだ》を起こした。

三島に続いて、後藤さんからの誘いだ。ここ数か月はどうかしている。

「あ〜〜〜……ったく……ほんとに……」

三島の決死の告白を断ったからには。

俺は後藤さんとの恋に全力になる必要があった。そうして自分の恋を遂《と》げるための努力をすることが、三島の想いに応えられなかった俺の〝責務〟だと感じている。

そんなことを思いながらも、結局身体の奥底で今存在感を主張してやまないのは、シンプルな〝性欲〟だった。

「ダルいなぁ！！！」

俺は一人で怒《おこ》り散らしながらズボンとパンツを脱《ぬ》ぎ棄《す》て、暗い部屋でノートＰＣを開くのであった。

あまりに虚《むな》しい、夜だった。

5話
列車

結局なんの覚悟も固まらないまま、無慈悲《むじひ》にも週末がやってきた。

久々に休日に早起きをし、衣服のすべてに慣れないアイロンがけをし、ひげを剃《そ》って、髪《かみ》を整え、家を出た。

二月ともなると、外に出ると息が白かった。こんな季節に入る温泉はさぞ気持ち良かろうと思ったが、後藤《ごとう》さんとの旅行の中で落ち着いて温泉に入る自分の想像がまったくつかない。

新幹線の出る駅まで電車で移動している間の記憶《きおく》がほとんどなかった。

現実感の伴《ともな》わぬままどんどんと身体が目的地へと運ばれてゆく。

これから後藤さんと泊《と》まりがけのデートをする。

文字上で何度確認しても、とにかく、実感がなかった。

浮《うわ》ついた気持ちのまま、気付けば東京駅に着き、ふらふらと待ち合わせ場所に向かう。

きょろきょろと辺りを見回して、すぐに、後藤さんを見つけた。

思わず、息を呑《の》んでしまう。

シンプルな黒いダッフルコートの裾《すそ》から、白いロングスカートがのぞいている。休日に会う時の彼女はいつもパンツルックだったので、なんだかドキリとしてしまう。

首に巻いたもこもことした生地の白いマフラーはなんともよく似合っていて、その上に乗っかっているようにも見える彼女の顔が強調されて見える。

薄《うす》くも濃《こ》くもない化粧《けしょう》が、彼女の美しさを際立たせている。

俺が棒立ちで後藤さんに見惚《みと》れていると、彼女の視線がゆっくりとこちらに向いた。びく、と彼女の肩《かた》が跳《は》ねて、それからそれを隠《かく》すようににこりと笑った。

こちらへとたとたと駆《か》け寄《よ》ってくる後藤さん。

「おはよう。吉田《よしだ》君」

「お、おはようございます。すみません、待たせましたか？」

言いながらちらりと腕時計《うでどけい》を見ると、まだ待ち合わせ時間の十五分前くらいだった。

「ううん、ちょっと早く来すぎちゃった」

後藤さんはそう言って、微笑《ほほえ》む。

「楽しみすぎて」

その笑顔に、俺は「うっ」と声を上げそうになるのをこらえた。ばっちりキメた格好で、そんな可愛《かわい》い言葉を言われたらかえって体調が悪くなりそうだった。

「あ、これ。新幹線のチケット」

後藤さんが嬉《うれ》しそうに細長い封筒《ふうとう》から二枚の大きな切符《きっぷ》を取り出して俺に渡《わた》してきた。

「すみません、何から何まで」

「いいのよ。ほ、本来私一人で行くつもりだったし？」

後半はなぜか声が震《ふる》えていた。もしかして、この人肝心《かんじん》な時には嘘が下手なのではないか？　と、思う。

「新幹線代くらいは払《はら》わせてくださいよ」

俺が財布を取り出そうとするのを、後藤さんは慌《あわ》てて止めた。

「いいの、いいの！　私が行きたくて行くんだから！」

「でも……」

後藤さんから、泊まる予定の旅館を聞き、自分でも検索《けんさく》をかけてみると、思った以上に高いクラスの宿だったのでたじろいだ。「間違《まちが》えて二人分とっちゃっただけだから」と後藤さんは繰《く》り返《かえ》し、宿代をまったく払わせてくれなかったが、新幹線代と宿泊《しゆくはく》費の二人分を合わせたら二桁《ふたけた》万円を越《こ》えてしまうのは分かっていた。

「さすがに悪いですよ……」

「いいんだってば。あ、そしたら！」

後藤さんはパッと顔を上げて、どこかうきうきした様子で言った。

「お弁当買ってほしいな」

「お、お弁当……？」

「そう。新幹線での旅行っていったら駅弁でしょ？　私、結構楽しみにしてたのよ」

「ああ……確かに、そういうイメージありますね」

弁当について語る後藤さんの目があまりにキラキラと輝《かがや》いていたので、なんだか気が抜《ぬ》けてしまう。

「分かりました、じゃあお弁当やらなにやら……お宿以外の食費は俺に任せてください」

「うふふ、ありがとう。嬉しい」

笑うと細められる彼女の瞳《ひとみ》が、いつも以上に柔らかな雰囲気《ふんいき》を醸《かも》し出していて、俺は咄《とっ》嗟《さ》に目を逸《そ》らしてしまう。

いかん、可愛すぎる……。

年甲斐《としがい》もなく、ドキドキしていた。

昨日までは後藤さんの意図が読めないということばかりが気にかかっていてそわそわしていたが……本当に、ただのデートとして楽しんでもいいのかもしれない。

新幹線の発車時間までまだ三十分ほどある。弁当や飲み物をゆっくり買う時間はあるだろう。

「じゃあ、お弁当見に行こう？」

待ちきれないとばかりに歩き出す後藤さんに続きながら、斜《なな》め後ろくらいから彼女を見つめる。

こうして旅行にはしゃいでいる様子は、なんだか若々しくて、会社で後藤さんが纏《まと》っている大人びた雰囲気とはまるで異なっていた。そんな彼女にたまらなくドキドキしてしまうのだ。

旅行中ずっとこんな気持ちだったらどうしたものか、と、思う。

弁当を売っているエリアは多くの人でごった返していて、レジにも長蛇《ちょうだ》の列《れつ》ができていた。

人の列が動くのに合わせて、二人でゆっくりと、山のように積まれている数々の弁当を眺《なが》めた。

「俺、これにしようかな」

手に取ったのは鮭《さけ》といくらがメインに据《す》えられた海鮮《かいせん》弁当だ。肉肉しいガッツリした弁当にも大変惹《ひ》かれたが、今日はどっちかといえば海鮮の気分だった。

後藤さんは「いいわね」と頷《うなず》いてから、それからも数分きょろきょろと売り場を見渡《みわた》していた。大変悩《なや》んだ末に、彼女は「焼肉カルビ弁当」を選ぶ。

「ほんとに焼肉好きですね」

何の気なしに俺がそう言うと、後藤さんは顔を赤くして俺を睨《にら》む。

「いいでしょ、別に！　お肉が食べたい気分なの！」

「悪いなんて言ってないですよ。飲み物はどうします？　やっぱり……」

「ビールでしょ～……！」

「ですよね」

二人で笑い合い、缶《かん》ビールを一本ずつ手に取った。

こんな取るに足らない会話でさえも楽しく、不思議な高揚感《こうようかん》があった。

旅行前だからなのか、後藤さんといるからなのか……もしくはその両方か。

混みあう売り場に揉《も》まれ、ようやく二人分の弁当と飲み物の会計を済ませる頃《ころ》には、新幹線の到着時間が近づいていた。早めに着いておいて良かった、と胸を撫《な》でおろす。

お互《たが》い旅行慣れしていないからか、新幹線に乗る時間の十五分前を待ち合わせ時間に指定していた。あのまま二人とも時間ぴったりに来ていたら、弁当を買った後に猛《もう》ダッシュする羽目になっていたかもしれなかった。

京都に思いを馳《は》せながら、他愛のない雑談をしつつ新幹線を待っていると、あっという間にホームに関西行きの列車が滑《すべ》り込んできた。

そわそわしながら車内清掃《せいそう》を待ち、扉《とびら》が開くと、いそいそと座席へと向かった。

「あ、右側だ。良かった……」

指定された座席を見つけ、俺が零《こぼ》すと、後藤さんは不思議そうに何度かまばたきをした。

「なんで右側？」

座席券を取ったのは後藤さんだというのに、あまりピンと来ていないようだった。

俺たちの席は、進行方向に対して通路を挟《はさ》んで右側。つまり、右方向に窓がある座席だった。

一応、昨日の時点で関東から関西にかけての景色の良いポイントというのを調べてみたのだ。そして、堂々と出てきたのは……。

「富士山《ふじさん》が見えるの、右側なんで……」

俺が言うと、後藤さんは「ああ！」と声を上げながら手を叩《たた》いた。

「そうなのね！　そういえば富士山を近くで見たことなんてあんまりないかも」

「俺もです。せっかくなんで、窓際の席座ってくださいよ」

「いいの？」

「もちろん。チケット取ってくれたの後藤さんですし」

「じゃあ、お言葉に甘えて」

後藤さんはくすくすと笑いながら上着を脱《ぬ》ぎ、席の上方にある荷物置きを見る。

彼女がコートを脱ぐと、真っ白なカーディガンと、その襟《えり》から、胸元にボタンのないタイプの薄手《うすで》の黒いシャツがのぞいていた。モノトーンコーデ、というやつだろう。黒と白で固められた服装は、後藤さんの大人っぽい雰囲気をより引き立てていた。それでいて、いつもより少し年齢《ねんれい》が低く思えるのも、不思議なところだった。

コートを簡単にたたみ、高い位置にある荷物置きに少し背伸《せの》びをしながらそれを置こうとする後藤さん。両腕《りょううで》を上げると、否応なしに服の生地がピンと伸び、彼女の胸がぐいと強調されて見えた。俺は慌てて目を逸らし、後藤さんの足元のキャスターケースを持つ。

「これも載《の》せちゃいますね」

「あら、ありがとう。助かるわ」

「いえ、こんなの、全然」

もごもごと口の中で返事をしながら、ケースを荷物置きに押し上げる。

……後藤さんの身体《からだ》が男にとって〝暴力的〟なのは今に始まったことではない。そんなことでいちいちどぎまぎしていたら旅行中気力が保てるはずがなかった。

音を立てぬようゆっくりと鼻から息を吐《は》き、後藤さんを窓際の席に通す。俺もコートを脱ぎ、後藤さんの上着の横に置いた。

彼女がぽすんと席に座るのを見てから、通路側の席に腰掛《こしか》ける。

「吉田君は荷物少ないのね」

俺の足元に置かれている小さめのボストンバッグに目をやって、後藤さんが言った。

「ああ……まあ、着替《きが》えくらいしか入れてないですからね。ズボンは替えなくてもいいかなと思ってるし……正直このバッグの収納量も全然使い切ってないくらいの荷物しか入ってないです」

「ふふ、吉田君らしい」

何を以《もっ》て俺らしいとするのかは分からなかったが、それについて深く訊《き》くと若干傷付くことを言われそうな予感がしたので、俺は薄く笑って何も言わないでおく。

自然な話の流れとして、「後藤さんは大荷物ですね」と口をつきそうになったが……女性の荷物について言及《げんきゅう》するのもなんだか野暮な気がしてしまって、やめた。

着席してすぐに、新幹線は動き出した。走り出してすぐは、普通《ふつう》の電車くらいの速度に感じられたが、ぐんぐんとスピードが上がっていく。

ここでようやく、実感が芽生えてきた。

俺は今、後藤さんと一緒《いっしょ》に旅行に出かけるところなのだ。脳内で文字に起こした途端《とたん》に、異様に緊張《きんちょう》してしまう。

ちらりと後藤さんの方に視線をやった瞬間《しゅんかん》、心臓が跳《は》ねた。

後藤さんも横目で俺を見ていたのだ。視線が絡《から》まって、お互い見つめ合ったまま数秒が経過する。

「ふふ、なんか……ちょっとドキドキするね」

後藤さんが照れたように笑いながらそんなことを言うものだから、再度どくりと心臓が跳ねた。

「そう……っすね……旅行とか久しぶりなんで」

「そうね。私も本当に久々。しかも京都でしょ？　京都に行くのなんて、修学旅行ぶりよ」

後藤さんは楽しそうに言ってから、指を一本ずつ折り始める。それから、ぎょっとしたような表情を浮《う》かべた。

「うん…………本当に、久しぶり」

「……っすね……」

おそらく高校を卒業してからの具体的な年数を数えたのだろうが、詳《くわ》しくは訊かないでおく。計算も、しない。俺も同じようなものだった。

後藤さんはしばらく窓の外を眺め、ぽつりと呟いた。

「京都まで、二時間で着いちゃうみたいよ」

「そう言うと、案外近く感じますね」

「本当にね。京都なんてすごく遠い感じがするのに……思い切って新幹線に乗っちゃえば、意外とあっという間」

　後藤さんはくすくす、と肩《かた》を揺《ゆ》らして、横目で俺を見る。

「大人になると、どんどんフットワークが重くなっちゃって嫌《いや》ね」

「ですね……。いや……俺は昔からそんなもんだったかも」

「……言われてみたら、私もそうかも」

　いたずらっぽく彼女が笑うのにつられて、俺も笑ってしまう。

「ね、お弁当食べようよ」

「あ、そうですね！　早速ですけど」

　言われて、俺は膝《ひざ》の上に置いていた駅弁の袋《ふくろ》を開け、焼肉カルビ弁当と缶ビールを後藤さんに手渡《てわた》す。

　前の座席に取りつけられている簡易テーブルを開き、弁当とビールを載せると、いよいよ列車旅行という風情だった。

　二人揃《そろ》っていそいそと弁当の蓋《ふた》を開ける。

　発色の良いオレンジ色のサーモンの上に、思ったよりもたくさんいくらが載っていて、否応なしに口内に唾液《だえき》が分泌《ぶんぴ》されるのが分かった。そういえば、今日はこれが一食目だった。

後藤さんも、隣《となり》でぎっちりとカルビ肉の敷《し》き詰《つ》められた弁当を見つめて目を輝《かがや》かせている。

二人で目くばせをし、どちらともなく缶ビールのプルトップを開けた。何度聞いても、この音は、良い。一瞬《いっしゅん》で解放的な気持ちになる。

「じゃあ……乾杯《かんぱい》」

「乾杯」

缶を軽くぶつけ、待ちきれんとばかりにぐい、と一口。口の中に爽《さわ》やかさと渋《しぶ》さが広がり、それがパチパチと弾《はじ》けながら喉《のど》を通り、胃に落ちる。腹からじわじわとアルコールが身体中に伝わってゆく感覚があり、それが妙《みょう》に気持ちが良い。

「あー……良い……」

思わず俺がそう零すと、後藤さんは鈴《すず》を転がすように笑った。

「あはは、そうね。列車旅行、すごく良い……」

後藤さんは口ずさむようにそう言い、ちらりと俺を見る。

「新幹線に乗ってるだけでこんなに楽しいんだから、現地に着いたらどうなっちゃうんでしょうね？」

首を傾《かし》げながらそんなことを言う後藤さんに、俺は上手な返事をすることができない。

「……む、向こうも楽しいといいですね」

たじたじになりながら俺がそう返すと、後藤さんはまた楽しそうに笑って、「そうねぇ」と頷いた。

美味《おい》しい弁当をつまみながら、酒を飲み、後藤さんと他愛のない会話をする。

最初は仕事の話なんかをしていたが、だんだんと休日の過ごし方とか、毎日の睡眠《すいみん》時間とか……友達同士でするような軽い話題に移り変わってゆく。とても楽しかった。

途中《とちゅう》で窓の外に富士山が見え、大はしゃぎする後藤さんを眺めたりして……とにかく、満ち足りた時間だった。

彼女の言う通りだ。新幹線に乗っているだけでもこんなに楽しいのに、京都を観光したり……同じ部屋に泊《と》まったりしたら、どうなってしまうのか。

車窓の外の景色が馴染《なじ》みのないものに変わってゆくたびに、否応なしにこの後の旅程を想像してしまい、そわそわした。

それは後藤さんも同じだったようで、楽しく会話しつつも、俺と彼女の間にはどこかそわそわした落ち着きのない空気が漂《ただよ》っていた。

そんな気持ちでの二時間というのは本当にあっという間で、さっき新幹線に乗ったばかり……という感覚で、俺たちは京都にたどり着いてしまった。

時刻は十三時を回ったところだ。旅館へのチェックインは十九時。まだまだ観光の時間はあった。そんなにいくつもの名所は回れないだろうが、数を絞《しぼ》ればのんびりと観光ができるはずだ。

新幹線の中は暖かかったので、駅に降り立つと気温の低さにぶるりと身体が震《ふる》えたが、なんだか今はそれすらも気持ちよく感じられる。

京都駅のコインロッカーに大きな荷物を押し込んで、後藤さんは「ふぅ」と息を吐いた。

そして、両手を腰《こし》に当て、ぐい、と胸を張る。

「それじゃ、観光しましょうか！」

妙に気合いの入ったその一言に、俺は思わず噴《ふ》き出してしまう。

「な、なによぅ……」

「いや、すみません。気合い入ってるな、って思って」

「そりゃそうよ！　京都に来たんだから！」

「行きたいところとかあるんですか？」

「よくぞ訊いてくれたわね！」

芝居《しばい》がかった様子で手を打って、後藤さんは堂々と言った。

「伏見稲荷大社《ふしみいなりたいしゃ》に行きましょう！」

「えっ……」

思わず声を上げてしまう。

「なに？」

狼狽《ろうばい》する俺を見て、後藤さんは不思議そうに首を傾げた。

もちろん、伏見稲荷大社のことは俺も調べている。「千本鳥居」が有名な京都の観光名所の一つだ。

しかし……。

視線が、後藤さんの足元に落ちた。

彼女は今日、そこまで高くはないものの、ヒール付きのパンプスを履《は》いている。

「……結構歩くと思いますけど、大丈夫《だいじょうぶ》ですか？」

伏見稲荷大社にお参りをするのは、軽い山登りのようなものだとネットに書いてあった。

「千本鳥居」というのは誇張《こちょう》ではなく、本当にそれだけの本数の鳥居をくぐってゆくということだ。かなりの山道を歩くことになる。

これは口には出さないが……後藤さんが普段《ふだん》から運動をしている印象はあまりないし、ヒールを履いて山道をスイスイ歩けるとは思えなかった。

しかし、俺の心配を余所《よそ》に、後藤さんはあっけらかんとしている。

「大丈夫よ！　なに、のんびり歩いたらそんなに疲《つか》れることもないでしょう」

「……まあ、後藤さんがそう言うなら。無理はせず、疲れたら休みましょう」

「嫌ね、心配しすぎよ！　案外吉田君の方が先にへばっちゃったりするかもしれないわよ」

「まあ、俺も会社員になってからは全然運動もしてないので、正直自信はないですね……」

俺が素直に答えると、後藤さんはけらけらと笑った。

「も～、しっかりしてよ！　ほら、ぐずぐずしてると観光する時間減っちゃうから。早く電車乗りましょう」

そう言い放って早速歩き出す後藤さん。

楽しそうなのは良いが、なんだか妙な張り切り方をしているのは少し気になるところだ……。

スマートフォンで調べると、稲荷大社は京都駅から電車で十分もかからないところにあるらしかった。

「早く～！」

楽しそうに少し先を歩く後藤さん。

「後藤さん、そっちじゃないです！」

「えっ？　あれ、何線だったっけ」

「もう、分からないなら先に行かないでくださいよ……」

こうして、活力溢《あふ》れる後藤さんとの京都旅行が始まった。

6話

縁

「わ、すごい……！　本殿《ほんでん》も大きいのね！」

「ですね……これは、すごい……」

伏見稲荷大社の参道入口にたどり着き、俺と後藤《ごとう》さんは息を呑《の》んだ。

事前にインターネットで写真は見ていたものの、実際に目の当たりにすると不思議な迫《はく》力《りょく》のある場所だった。

週末ということもあり、楼門《ろうもん》から本殿に続く道はもはや行列のようだった。

列に並ぶかのようにゆっくりと歩き続けると、すぐに本殿にたどり着いた。

「お参りしていきます？」

神社に観光に来たとしても、お参りをしない人というのも一定数いると聞く。単純に、その場の雰囲気《ふんいき》を楽しみたいだけ、ということらしい。

俺自身もそこまでお参り自体に強い思い入れがあるわけではないので、後藤さんに合わせておこうと思って訊《き》いてみたが……。

「何言ってるの。するに決まってるじゃない」

と、少し強めに返されてしまった。

俺は苦笑しつつ「ですよね」と返すことしかできない。

本殿に続く大行列に並ぶ。これだけの人数がいるとかなり待つのではないか……と思われたが、一人一人のお参り時間はそれほど長くないので、案外サクサクと進んでいった。

「なんだか初詣《はつもうで》みたいね」

後藤さんがぽつりと呟《つぶや》いたのを聞いて、俺は「えっ……」と言葉を詰《つ》まらせてしまう。

俺の反応が気になったのか、後藤さんの視線がこちらに向く。

「え、私、何か変なこと言った？」

「あ、いえ……」

俺は少し恥《は》ずかしい気持ちになりながら、答えた。

「そういえば、俺……実家出てから、初詣とかってしてないなと思って」

「え？　そうなの？」

「後藤さんはするんですね」

「ええ、まあ……一人で、だけど……」

なんだか、お互《たが》いの文化の違《ちが》いに気付いてしまったような気まずさがあった。

しかし、どちらがおかしい、という話でもない。

「俺、結構出不精なのかもしれません。この大行列が初詣みたいって言われても全然ピンと来なくて、ちょっと間抜《まぬ》けな反応しちゃいました」

「いやいや、行く習慣がないなら分からないでしょう」

「実家にいた時も、なんというか……地元のこぢんまりとした神社に家族で行ってただけなんで、ここまで混んでもなかったというか」

「ああ、なるほど……そうなのね」

後藤さんは得心がいったように何度か頷《うなず》いた。

「私は実家も東京の都心だから……初詣はいつも結構大きな神社に毎年行ってたのよね。で、社会人になって一人暮らし始めても、結局東京だったから」

「なるほど、なるほど……」

「あれ、でも吉田《よしだ》君も出身は東京よね？」

「東京っていっても、西の方ですよ。あっちの方は、家と自然ばっかりですから」

「……確かに、そういうイメージはあるわね」

くすりと笑う後藤さん。

思わぬ方向に広がった話題で盛り上がっていると、すぐに俺たちの順番が回ってきた。

小銭入れを開けると、こういうときの縁起《えんぎ》物としてよく言われる「五円玉」はなかったので、パッと目についた五百円玉を取り出し、賽銭《さいせん》箱に投げ入れた。多くて悪いことはないだろう。後藤さんも同じように小銭を賽銭箱に投げ入れるのを見て、俺は二礼二拍手《はくしゅ》をし、目を閉じる。

……と、作法に従ってみたものの。

特に、お祈《いの》りすることもないような気がしてしまった。とはいえ、何もお祈りしないで目だけ閉じているのもどうかと思い……。

『この旅行が、楽しく終わりますように』

と、ふと思いついたお祈りをしてみた。

最後にもう一度お辞儀《じぎ》をして、目を開ける。

隣《となり》の後藤さんはまだぎゅっと目を瞑《つぶ》ったまま手を合わせていた。

熱心に何かを祈っているようだが……彼女が何をお祈りしているのか、少しだけ気になった。

もし……もしもだ。

俺との関係について祈っていたりしたら……。

そんなことを考え出した瞬間《しゅんかん》、後藤さんの目がぱちりと開く。

そして、ふっとその視線がこちらに向いた。

「あっ！　ごめん、待たせちゃったかしら？」

「ああ、いや、全然！　俺も今終わったとこなんで」

「そう？　なら良かった」

にこりと笑って脇《わき》にはける後藤さんの後に、慌《あわ》てて続く。

……何を、子供みたいなことを考えているのだ、と恥ずかしくなった。

そもそも、俺は神様を信じているわけでもなかった。声高に「神様なんていない！」と主張する気もないけれど、だからといって神が存在すると思っているわけでもない。そんな塩梅《あんばい》。

そんな俺が、都合の良い時だけ『旅行が楽しく終わりますように』とか願ったり、後藤さんがお祈りしている内容を邪推《じゃすい》したりすることになんの意味があるというのか。

自分の子供っぽい部分を垣間見《かいまみ》てしまい、一人で気まずい気持ちになった。

「何をお祈りしたの？」

不意に後藤さんに訊かれ、ドキリとする。

「あ、えっと……け、健康とか」

　俺が苦《くる》し紛《まぎ》れにそう答えると、後藤さんは声を上げて笑った。

「あはは！　ほんと、吉田君って感じ」

「どういう意味ですか……」

「言葉のまんまの意味」

　明らかにからかわれていると分かる。つまらない回答だったのは間違《まちが》いないが、思い切り笑われると恥ずかしかった。

「そういう後藤さんは、何をお祈りしたんですか……」

　一方的にからかわれたのが悔《くや》しくて、俺がそう訊くと、後藤さんは一瞬《いっしゅん》ぎくっとしたように表情を変えたが……すぐに、いつものようなすました様子に戻《もど》る。

「ふふふ……秘密」

　語尾《ごび》にハートマークが見えそうな声色で後藤さんがそう言い、唇《くちびる》の前で人差し指を立てた。

「……」

　俺は口をぎゅっと結び、思わずそっぽを向いた。

　今日の後藤さんは妙《みょう》に潑剌《はつらつ》としていて、なんというか「女の子」という感じだったものだからすっかり忘れていたが……この人のこういう仕草の破壊《はかい》力はすさまじいのだった。

こうやって質問を煙《けむ》に巻《ま》かれてしまうと、それ以上何も言うことができない。ずるいと思う。

「じゃあ、千本鳥居の方に行きますか。それを抜《ぬ》けたら奥社があるみたいですよ」

「あっ……奥社？」

奥社、という言葉に後藤さんが敏感《びんかん》に反応した。

「なんですか？」

「いや、その……奥社には、アレが、あるのよね」

「アレ？」

「うん、だから……」

後藤さんは妙にもじもじとしながら、俺と地面の間で何度も視線を行ったり来たりさせた。そして、おもむろに、言う。

「縁結《えんむす》びスポット……みたいな？」

思考が停止する。

縁結び。

その言葉はなんだか妙に生々しく響《ひび》く。

「え、縁結びですか……」

「そう！　せっかく来たんだから、あやかれるところにはあやかっていきたいなと思って！」

「なるほど……？」

俺は曖昧《あいまい》な相槌《あいづち》を打つ。

意中の相手と二人で旅行をしている状況《じょうきょう》で発された「縁結び」という言葉に過剰《かじょう》に反応してしまったのもあるが……それよりも。

「後藤さん……そういうの興味あるんですね」

素直な感想が口から漏《も》れてしまう。

俺のその言葉に、後藤さんは目を丸くした。それから、少しずつ、彼女の顔が赤くなっていく。

「あ……あるわよ！　別にいいでしょ！」

「いや、良いとか悪いとかじゃなくて。ちょっと意外だなって」

「何が意外なのよ。この歳《とし》で恋人《こいびと》もいなかったら、縁結びにだって縋《すが》りたくもなるでしょう！」

自棄《やけ》になったように後藤さんはそう言った。そんな言葉に、俺は苦笑するしかない。

そして同時に……。

俺と付き合ってくれればいいのに……と、思わないでもなかった。

俺と後藤さんは、すでに互いに想《おも》い合っていることを確認し合っているのだ。

俺からの決死の告白に対し、後藤さんは覚悟《かくご》が決め切れず、嘘《うそ》をついてそれを断った。だというのに後から俺のことを好きだとか言ってきたものだから、嬉《うれ》しい気持ちと同じくらいに、腹立たしい気持ちがあったのだ。

だから、俺は彼女に対して、「次は後藤さんから告白してください」と宣言して、それ以降は俺からのアプローチは控《ひか》えるようにしていた。

正直、もどかしい。

今すぐに俺から告白して、彼女の気持ちを確かめたかった。

しかし、それでは一度彼女を突《つ》き放《はな》した意味がない。

また「今はその時じゃない」だとか言われて先延ばしにされてしまったら、俺の恋は終わることすらできないのだ。

俺はもっと後藤さんと深く関わって、彼女に俺のことを好きになってもらわなければならないのだ。

だから……この旅行が、彼女にとっての〝決死の覚悟を決めたもの〟であったらいいなという願いは、ある。そして同時に、そうでなかったらがっかりしてしまうから、あまり期待しすぎてはいけないという自制心も存在していた。

だというのに。

縁結びなどという言葉に目の前で浮《う》かれられてしまっては、やっぱり、期待してしまうじゃないか。

俺はもやもやとした気持ちを抱《かか》えながら、努めてそれを顔に出さないよう心掛《こころが》けた。

本殿《ほんでん》を出た時にはなんだか心がくさくさとしていたが、千本鳥居の道を歩いているうちに、だんだんとそれも薄《うす》れてくる。

あまりに、神秘的な光景だったからだ。

「……綺麗《きれい》」

隣を歩く後藤さんが、そう零《こぼ》す。俺も、無言で頷いた。

本殿で折り返す人もかなり多いようで、千本鳥居の山道は先ほどまでよりだいぶ人もまばらになっていた。そうなると、森の静謐《せいひつ》さが際立ち、冬の冷たい空気も相まって、とても神聖な空気を感じる。

「私たち、数時間前まで東京にいたのにね」

「……本当ですね」

後藤さんの言いたいことはよく分かった。

数時間新幹線に揺《ゆ》られただけで、まるで異世界に来たような気分だった。こんな気持ちの良い非日常を味わえるのであれば、旅行というのも悪くないと思った。

ふと鳥居の柱を見ると、それぞれに会社の名前やら、個人名やらが彫《ほ》り込まれている。鳥居を寄付した団体や人の名前なのだろう。それを見ると、なんだか不思議な気持ちになる。

こうして遠く離《はな》れた地にも人の生活が息づいていて、その積み重ねを一気に見せられているような気がしたのだ。ここは俺が生まれるよりもずっと前から信仰《しんこう》を集めていた神社で、今歩いている石造りの道も、立ち並ぶ鳥居も、周りに生える木々さえも、この土地の人々と長い間共にあったのだ。

そう考えると、自分という存在がやけに小さく感じられて、だからどうというわけでもないけれど、とてもふわふわとした気持ちになった。

千本鳥居の道を歩いている間、俺も後藤さんも、うっとりと辺りを見回すばかりで、長い会話はなかった。そのことに気まずさを感じないほどには、二人とも、この景色に酔《よ》いしれていたのだ。

「あ……もう奥社に着くみたい」

十数分歩いたところで、後藤さんが少し名残惜《なごりお》しそうにそう言った。

彼女の視線の先では、鳥居が途切《とぎ》れ、人混みが見えていた。山に吸収されながらも、その賑《にぎ》わいがこちらにも少し聞こえてきている。

一度見えてしまえばあっという間で、俺たちは千本鳥居を抜け、奥社へとたどり着く。

後藤さんは「はー」と息を吐《は》き、少し疲《つか》れた様子を見せつつも、どこか輝《かがや》いた目できょろきょろと辺りを見渡《みわた》した。

「あ！　あっちみたい」

足早に歩き出す後藤さんの後に続く。

奉拝所《ほうはい》を通り過ぎ、その奥に向かうと、小さな人だかりができている。まじまじ見つめると、男女のペアが列を作っているようだった。

「おもかる石、って言うんだって」

「おもかるいし？」

「そう！　ほら、今あの子たちが持ち上げてるでしょ」

後藤さんが指さす方を、目を凝《こ》らして見ると、若いカップルらしき男女が、石で作られた二本の灯篭《とうろう》の前に立ち、それぞれの上に鎮座《ちんざ》する石を持ち上げていた。男の子の方は笑顔を見せる余裕《よゆう》があるが、女の子の方は必死だった。どうやら、見た目以上に重いらしい。

「あれが、縁結びスポットなんですか？」

俺も伏見稲荷大社について調べたつもりだったが、調べ方が甘かったのか、それとも「縁結び」という単語を意図的に避《さ》けていたのか……とにかく、その「おもかるいし」とやらには覚えがなかった。

「そう！　あの石を持ち上げて、〝思ったよりも〟軽かったら、願いが叶《かな》うんですって」

「思ったよりも重かったら？」

「……叶わないらしいわ」

「無慈悲《むじひ》ですね……」

苦笑を浮かべつつ、後藤さんの後に続いて、その列に並んだ。

さっきまで石を持ち上げていた女の子が、半泣きで「あれは重すぎるでしょぉ」とぼやいている。男の子の方は「まあまあ、ゲン担ぎみたいなもんだし」と彼女をなだめている。

仲が良さそうでいいな、と微笑《ほほえ》ましくなる。

ちらりと後藤さんの方を見ると、彼女はなんとも言えぬ表情で同じ二人を見つめていた。

少し待っていると、すぐに俺たちの順番が回ってくる。

「よし、やるわよ。吉田君！」

「あ、ええ……？　俺もやるんですか？」

まるで「一緒《いっしょ》にやる」と言わんばかりの勢いだったので、俺は両手をぶんぶんと振《ふ》った。

「やるに決まってるでしょ！」

後藤さんは勢いよく言ったが……俺の脳裏には先ほどのカップルがちらついていた。

「いや、その……これって、結ばれたい人と二人でやるものなのでは？」

俺がそう言うと、後藤さんは一瞬《いっしゅん》言葉を失ったように口を半開きにしてから。

「……い、いいの！　ゲン担ぎみたいなものなんだから！」

と顔を赤くしながら言って、俺を片方の灯篭の前に立たせた。

……胸が、高鳴っていた。

俺をここに立たせるということは、そういうことなのか？

そういうことで……いいのか⁉

「じゃあ、いくわよ」

「は、はい……」

「せーの！」

後藤さんの声に合わせて、石を両手で持ち上げる。

「お……」

確かに、少し重い。五キログラムの米袋《こめぶくろ》よりは明らかに重いと思った。

しかし……かなり重いものを想定して力を入れたので、案外簡単に石は持ち上がってしまった。

これは……〝思ったよりも軽い〟ということになるのだろうか。

ふと気になって後藤さんの方を見ると。

「……お、重っ…………！」

口に出してしまっていた。

言葉の通り、後藤さんが両手で摑《つか》んだ石は、そもそも持ち上がってすらいない。

「……重いですよね」

笑いをこらえながら俺が言うと、後藤さんは泣きそうな顔でこちらを見る。

「……〰〰〰!!」

心底悔《くや》しそうに唸《うな》り声を上げる後藤さんを見て、俺はついに噴《ふ》き出してしまう。

「ははは っ！」

「笑わないでよ！　こっちは必死なんだから!!」

「持ち上がらないなら無理することないのに」

「だって、こんなに重いなんて……！」

「ゲン担ぎみたいなものなんでしょ？　そんなに気にすることないじゃないですか。ほら、次も並んでますから」

俺が後ろに並ぶカップルに視線を向けると、後藤さんを見て彼らもくすくすと笑っていた。それに気付いたようで、後藤さんは顔を真っ赤にして、石から両手を離した。キッ！　とこちらを睨《にら》んで。

「……行くわよ」

「そうですね。行きましょう」

それから数分間、後藤さんは口をきいてくれなかった。

後藤さんが拗《す》ねてしまい、しばらく無言で鳥居だらけの山道を歩いていた。

無言で歩いていると、どうしても気付いてしまうことがある。

それは……先ほどよりも、どんどんと道の勾配《こうばい》が厳しくなってきているということだ。

やはり普段《ふだん》から運動はしておくべきだな、と思う。

後藤さんの歩幅《ほはば》に合わせ、かなりのんびり歩いているつもりだが、それでも若干息が上がり始めていた。

そして、俺の息が上がっているということは、当然……。

「……はぁ…………はぁ……」

隣《となり》の後藤さんも、表情に余裕をなくしていた。

地の体力云々《うんぬん》はさておいても、後藤さんはヒールのついたパンプスを履《は》いているのだ。

俺よりもずっと歩きづらいだろう。

「坂、けっこうきついですね」

おもかる石を持ち上げてから、空気を読んでずっと黙《だま》っていたが……そろそろ声をかけるべきだと思った。

俺が言うと、後藤さんは少し気まずそうに視線をうろうろさせてから、頷《うなず》く。

「そうね……こんなに急な坂になるとは思ってなかったわ」

そう言ってから、困ったように笑う後藤さん。

「普段から運動はしておくべきね……」

「はは、同じこと思ってました」

苦笑とはいえ、後藤さんに笑顔が見えたことに安堵《あんど》する。

分かってはいたことだが、彼女はポーズとして拗ねてみせていただけで、本気で怒《おこ》っていたわけではないのだろう。いや、そうでなくては困る。

二人して黙ってしまったものだから、口を開くタイミングに困っていたのだと思う。

「もうちょっと歩くと熊鷹社《くまたかしゃ》ってとこに着くそうですから。そこで少し休みましょう」

「ううん、大丈夫《だいじょうぶ》よ。ちょっと息が上がってるだけだから」

「そうですか？　靴《くつ》とかは平気です？　靴擦《ず》れとかしてないですか」

「ふふ、ありがとう。大丈夫よ」

後藤さんははにかんだように笑って、足元を見た。

「こんなに歩くんなら、もうちょっと歩きやすい靴で来るべきだったわね」

「だから、結構歩くと思いますけどって言ったじゃないですか……」

「うん、そう……そうね。でも……ほら、ここ、来たかったし。それに……」

彼女はそこで言葉を区切り、上目遣《うわめづか》い気味に俺を見つめる。

「せっかくの旅行なんだし、オシャレも捨てられないじゃない？」

「……そ、そういうものですか」

「そういうものなの」

そんな顔で、そんなことを言われたら、どう返してよいのか分からなくなる。

その言葉は、後藤さんにとって、俺との旅行は「オシャレして臨むべきもの」であるというような意味を含《ふく》んでいると思った。それがとても嬉《うれ》しかったし……やっぱり、彼女は〝そのつもり〟で来ているのか？　という疑問が大きくなっていく。

男女のあれそれがあるかどうかは別として、俺と少しでも関係を進めようとしてくれているのか？

そうなのだとしたら……粘《ねば》り強《づよ》く待ち続けた甲斐《かい》があったものだと思う。

そんなことを考えていると、どうやら俺の表情は緩《ゆる》んでいたようだった。

「どうしたの？　ニヤニヤして」

突然《とつぜん》後藤さんにそう問われて、俺は内心めちゃくちゃに焦《あせ》った。

「えっ、別にニヤニヤなんて……」

「してたわよ。何考えてたの？」

「いや、だからしてないですって」

「してたってば！　別に隠《かく》すことない──あっ」

言葉の途中《とちゅう》で、後藤さんのヒールが、地面に敷《し》き詰《つ》められた石の隙間《すきま》に引っかかった。

「危なっ──！」

後藤さんははずみで俺の左手を摑む。彼女の体重が思い切りかかって、がくんと膝《ひざ》が折れた。慌《あわ》てて右手で後藤さんの肩《かた》を摑み、支えた。

少しだけ先を歩いていたのが幸いして、俺はなんとか後藤さんを転ばせずに支えることに成功した。

「ご、ごめんなさい……！」

「大丈夫。ゆっくりでいいですよ」

倒《たお》れかけている後藤さんを、左手をぐいと引き上げ、立たせる。

数秒、見つめ合う形となって……。

「あっ」

「あっ」

二人同時にパッと手を離《はな》した。

左手に、後藤さんの柔《やわ》らかくすべすべした手の感触《かんしょく》が残っている。

「あ、足元注意して歩くわね……」

「ですね。そうしましょう」

なんだかぎこちない空気になってしまい、お互《たが》いそれを誤魔化《ごまか》すようにへらへらと笑う。

妙《みょう》な感じだった。

再び山道を歩き出す俺と後藤さん。

しばらく、緊張感《きんちょうかん》のある沈黙《ちんもく》が続いた。

彼女が拗ねていた時とはまた違《ちが》う、「次どう口を開いたら良いか分からない」という感覚に、戸惑《とまど》う。

胸がやけに高鳴っている。

これまでだって後藤さんと一緒に食事をしたり、会話をしたりするだけでドキドキしている気でいたが……それらの比ではない。

本当に物理的に胸が痛んでいると感じるほどに、心拍《しんぱく》が激しいのだ。

こんな感覚は、本当に……高校の時ぶりだと思う。

神田先輩《かんだせんぱい》と付き合っていた頃《ころ》、俺はいつも、彼女が隣にいるだけでドキドキしていたものだった。彼女はいつも何の気なしに俺にボディタッチをしてきていたが、そのたびに心臓が口から飛び出んばかりの気持ちだった。

さすがに何か月も付き合えば少しずつ慣れてゆきはしたものの、それは「ドキドキすることに慣れた」だけであって、「ドキドキしなくなる」というわけではなかった。

部屋の中に一緒にいればたまらない気持ちになり、彼女が甘えるように身体《からだ》を擦《す》り寄せてくると、毎度、まるで初めて身体に触《ふ》れられたような高揚感《こうようかん》を覚えた。

あれは、間違《まちが》いなく、恋《こい》だった。

そして……今も、どうしようもなく、恋をしている。

もどかしかった。

今すぐ俺から告白をして、それを受け入れてもらったならば、手を繋《つな》ぎながら歩きたかった。

さっきまですっかりこの場所の神秘的な雰囲気《ふんいき》に呑《の》まれていたというのに、今では隣を歩く女性のことばかりを考えている。

「あの……吉田君」

一人で悶々《もんもん》としていると、突然後藤さんが口を開いた。

「はいっ？」

思わず声が裏返ってしまう。

そんな俺を見て、後藤さんはくすりと笑った。しかしその表情もつかの間。すぐに彼女は戸惑うように視線をきょろきょろと動かす。なんだ？　と思っているうちに、彼女の顔がみるみる赤くなった。

「あの…………えっと」

「？」

後藤さんは有り体に言って、もじもじしているように見えた。

しばらく葛藤《かっとう》するように唸《うな》ってから、彼女は急に、俺の左手を、彼女の右手できゅっと握《にぎ》った。

心臓が、跳《は》ねる。

「ま、また転んだら大変だから………手、握っててもいい？」

「……！　………‼」

俺は何度も口を開いたり閉じたりする。言葉が何も出てこなかった。

そんな俺を不安げに見つめて、後藤さんが首を傾《かし》げる。

「……ダメ？」

「だ、め……じゃないです！」

俺はようやく、喉《のど》の奥から声を絞《しぼ》り出《だ》した。

頭の中で妄想《もうそう》していた出来事が自然と起こってしまい、動揺《どうよう》が隠せない。

しかし、そんな俺を余所《よそ》に、後藤さんは安堵したように微笑《ほほえ》んだ。

「ほんと？　良かった」

その笑顔は、あまりに、眩《まぶ》しかった。

はずみで俺が彼女の手をぎゅう、と握ってしまうと、後藤さんもそれに応えるように、きゅっ、と手に力を込める。

それだけで、俺の心臓は早鐘《はやがね》のように鳴った。

「ま、まだまだ歩くと思うので！　気を付けて、進みましょう……！」

声が上ずってしまうが、気にしてなどいられない。今は無言でいる方が難しかった。

「ええ。ふふ……」

後藤さんはどこか楽しそうに笑って、横目で俺を見た。

「吉田君の手……大きくて、あったかいね」

「そっ……そうですかね」

なんとか言葉を返すが、俺の意識は彼女と繋がれた手に集中していた。

後藤さんの手はひんやりとしているが、柔らかくて、すべすべしていて、なんだか自分とは別の生き物のようだった。

「誰《だれ》かと手を繋いだのなんて、何年ぶりだろ……」

後藤さんが、ぽつりとそんなことを零《こぼ》す。

「俺も……こんなふうに手を繋いだのは、高校生の時ぶりです」

俺は自然と、そう答えていた。あの頃と同じような高揚感を覚えながら。

そして同時に、去年の夏のことも、思い出す。

沙優《さゆ》と夏祭りに行った時のことだ。人混みではぐれないように、と、沙優は俺の手首を摑《つか》んだ。彼女の手は小さく、そして温かかった。そういえば、あの時も一瞬《いっしゅん》ドキリとしたんだったな、と、懐《なつ》かしく思う。

異性と触れ合う、というのは、いくつになっても特別に思えて、ドキドキする行為《こうい》なのかもしれない、と思った。あの時は、沙優に対してそんなふうに感じてしまう自分に不甲《ふが》斐《い》なさを感じたものだったが……改めてこうして『意中の相手』と手を繋いだことで、あれは不可抗力《ふかこうりょく》だったと思い直す。

今胸の中に起こっている『ドキドキ』が、あの時のそれとは比べ物にならないからだ。

沙優と夏祭りに行った時のことは……彼女が東京を去った後も、何度も思い出した。なぜなら、あの時の俺は明らかに『おかしかった』と思うからだ。

浴衣《ゆかた》を着た沙優のことをとても素敵な女性だと感じたし、そんな彼女に手首を握られ、少なからずドキリとした。しまいには、彼女に対して『本当に帰るのか？』などと、俺の立場では絶対に問うてはいけないことを口にしたりもしてしまった。その意味について、何度も考えていた。

しかし、それらの悩《なや》みが、今、一気に解決してしまったように思う。

俺はあの時、ずっと『ガキ扱《あつか》い』していた沙優のことを、一人の女性として認めたのだ。

それだけのことだった。

あの時の一瞬のときめき、そして動揺は、今感じているそれとは完全に異なっていた。

俺があの時沙優に向けた感情が、『恋』ではないと分かって……とても、安心した。

後藤さんが、俺の手をぎゅっ、と握る。

「高校生の時っていうのは……神田さんと、ってこと？」

思わぬ名前が飛び出して、俺は慌てて後藤さんの方を見る。

「き……聞いたんですか」

「ええ。最近彼女と仲良いから」

「ああ……そういえば、ときどき一緒《いっしょ》にオフィスを出ていくことありますね」

「うん。ときどき一緒に呑《の》んでるのよ」

「なるほど……」

三島《みしま》とのあれこれがあった時、神田先輩が後藤さんを引き連れて強引に四人での飲み会を開いてくれたことがあった。

その後、俺たちと別れた二人は「二次会をする」と言ってどこかへ行ってしまったが、それからそんなにプライベートな話をするほど仲が良くなっているとは思いもしなかった。

本人から聞いているというなら、隠しても無駄《むだ》だろう。

「まあ……そうですね。俺の交際経験って、神田先輩とだけなので」

「ふぅん……」

後藤さんの目がきゅっ、と細くなる。

「手、よく繋いでたの？」

「ま、まあ……隣《となり》を歩く時は大体」

「へぇ～……なんか、想像つかないなぁ」

後藤さんはしみじみとそう零す。

そうだろうな、と、思う。後藤さんと出会ってからの俺は、自分でも分かるほどに〝仕事漬《づ》け〟だった。そんな俺が誰かと手を繫いで仲良く歩いているところを具体的に想像できる方が、不自然だろう。

「こうして実際繫いでみても、なんだかふわふわしてるもの」

「え？」

気付けば、後藤さんの手に俺の体温が移って、もう冷たく感じなかった。

「吉田君と手を繫いでるの、不思議な感じ。感触がちゃんとあるのに、なんか、嘘《うそ》みたい」

「そうですかね……いや……そうかも」

「ふふ、でしょ？」

後藤さんはくすくすと笑って、それから、何も言わずに俺を見た。頰《ほお》が少しだけ赤いのが分かる。

後藤さんも、俺と手を繫いで、ドキドキしてくれているのだろうか。

この夢のような感覚を、今、二人で共有しているということなのだろうか。

そんなことを考えていると、自然と、言葉が漏《も》れた。

「あの……ずっと、気になってたんですけど」

俺の横顔に、後藤さんの視線が刺《さ》さる。なぜだか、視線を合わせられなかった。前を向いたまま、言う。

「これって……デート……ってことでいいんですか？」

ついに、訊《き》いてしまった。

最初から気にかかっていたことだ。彼女がどういうつもりで、この旅行に俺を呼び出したのか。ずっと知りたいと思っていた。訊いてしまえば後戻《あともど》りはできないと分かっていたから、ずっと言葉にできなかったが……こうして口にしてしまうと、妙《みょう》にすっきりとした気持ちになった。もはや、その答えがどうであっても良い、というような気すらした。

後藤さんがハッと息を吸い込む音が聞こえる。

数秒の沈黙。それから。

「私は……そのつもり、でしたけど……」

なぜか敬語で、後藤さんはそう言った。

たまらず、ちらりと後藤さんを見ると、彼女は不安げな表情でこちらを見ていた。

一気に、気が抜《ぬ》けてしまう。その場でしゃがみこんでしまいそうになるのを、必死にこらえる。

「はぁ………そうですか」

「えっ、なに、その反応！」

「いや………なんか、すごく、安心しました」

俺が言うと、後藤さんは再度、息を深く吸い込む。

「俺だけがそう思ってたら、悲しかったので」

思ったままを口にすると、後藤さんの表情がみるみるうちに明るくなっていく。

「そっか……そっか、そっか！」

後藤さんは花が咲《さ》いたように微笑む。

「ふふ。同じこと、思ってたのね」

「そうみたいですね……あはは」

二人してくすくすと笑い合い……手を繋いだまま、歩いた。

しばらく無言の時間が続いたが……不思議と、居心地《いごこち》は悪くない。

ようやく、後藤さんが気持ちを固めてくれたということが分かり、とにかく、嬉《うれ》しかった。浮《う》かれすぎて歩幅《ほはば》が広くなってしまわないよう、注意を払《はら》いながら歩く。

彼女の気持ちが分かっただけでも、この後のことに対する不安が一気に晴れていくような感覚があった。

素直に、この旅行を楽しんでいいのだと、ようやく思えた気がした。

二人の間に流れていた妙な緊張感《きんちょうかん》も次第にほぐれていき、俺たちは途中《とちゅう》で休憩《きゅうけい》を挟《はさ》みつつ、伏見稲荷大社の観光を楽しんだ。

山の頂上に近いところにあった喫茶店《きっさてん》で、後藤さんは温かいほうじ茶を、俺は物珍《ものめずら》しさに「冷やしあめ」を頼《たの》んで、互《たが》いに交換《こうかん》しながら飲んだりした。真冬の山の上で飲む冷たい飲み物は身体《からだ》をめちゃくちゃに冷やしたが、妙に火照っていた身体を落ち着けてくれたような気もする。舌にへばりつくような甘さも、運動をした後だから、それともとても甘い心境だからか、不快感がなかった。

喫茶店のある場所からは分かれ道になっていたが、ぐるりと一周すれば元の場所に戻《もど》ってこられると分かったので、引き続き手を繋《つな》いだままのんびりと歩いた。

覚悟《かくご》していたとはいえ、想像を越《こ》える長さを歩かされて、俺も足の裏が痛かった。たびたび後藤さんの足の疲労《ひろう》を気にしたが、彼女は「疲《つか》れたけど、大丈夫《だいじょうぶ》」と答え、とにかくずっと楽しそうだったので、その言葉を信じ、ひたすらに歩く。

他愛のない話をしたり、気まぐれに鳥居の数を数えてみたりしながら歩いていると、あっという間に俺たちは伏見稲荷大社の入口まで戻ってきていた。

改めて「景色が素晴らしかった」という話に花を咲かせながら電車に乗り、予定時刻ぴったりに、後藤さんの予約していた旅館にチェックインする。

仲居さんが部屋まで案内してくれて、客室の中で宿泊《しゆくはく》においてのあれこれを説明してくれる。二人でうんうんと頷《うなず》きながらそれを聞き仲居さんが部屋を出ていくと……ついに、個室で二人きりの状況《じようきよう》になってしまった。

浮かれながら楽しんでいた京都旅行だったが……ここに来て、また緊張《きんちよう》がぶり返してくる。

そう、後藤さんが〝デートのつもりで〟俺を旅行に連れてきたということは分かった。

しかし、肝心《かんじん》なことはこの後起こる。

俺ははっきりと宣言したのだ。「次は後藤さんから告白してください」と。

彼女がその気であるならば、今日がその日になるかもしれないということだ。

そう考えると、いても立ってもいられない気持ちになる。

この後、俺は果たして、平常心を保っていられるのだろうか。

「はー、足くたくた！　久々にこんなに歩いたわ」

「ですね……俺も足の裏がめちゃくちゃ痛いです」

「ね！　温泉で癒《いや》さなきゃ」

はしゃぐように畳《たたみ》の上で足を伸《の》ばす後藤さん。

彼女はまだまだ旅行気分が抜けていないように見えたが、俺は気が気ではない。視線が不必要に泳いでしまう。

後藤さんはすくっと立ち上がり、ぱたぱたと部屋の中を散策した。

和室横にある扉《とびら》をがらりと彼女が開けると、小綺麗《こぎれい》な洗面所が見えた。

「あっ！」

俺からは死角になっている方向を見つめて、後藤さんが明るい声を上げる。

「ほんとに露天風呂《ろてんぶろ》ついてる！　ほら吉田君も見て！」

大はしゃぎだった。

興奮気味に手招きされるままに、俺は立ち上がり洗面所へ向かった。

後藤さんの指さす方に、ガラス張りのシャワールームがあり、その先にもう一枚扉《とびら》があった。

その向こうには、黒っぽい堅《かた》そうな素材――遠目からだと何でできているのかよく分からないが、なんだか高級感だけはある――の風呂桶《ふろおけ》があった。その横には木で出来た温泉の排出口《はいしゅつ》がある。源泉かけ流し、というやつだろう。

その特別感に高揚《こうよう》しないでもなかったが、それよりも俺が気になっていたのは、とにかく〝丸見え〟なことだった。

まだ覚悟《かくご》もできていないうちからこんなものを見せられて、あれやこれやを想像したらおかしくなってしまいそうだった。そもそも、今日のうちにあそこに一緒《いっしょ》に入ったりするような展開になるのだろうか⁇

そこまで行かなかったとして、別々に客室露天風呂に入るとしよう。もし後藤さんが入っている間にトイレに行きたくなったらどうする？

トイレの出入口は洗面所内にあるのだ。これだけシャワールームや浴槽《よくそう》が丸見えになっている洗面所に出入りするわけにもいくまい。我慢《がまん》するか、もしくはロビーまで行って用を足すか……。

そんな今考えても仕方のないことを、しかし考えないわけにもいかずにぐるぐると思考していると。

「吉田君？　どうしたの？　具合悪い？」

「えっ、いや、そんなことは！」

俺は無意識のうちに滝《たき》のように冷《ひ》や汗《あせ》をかいていた。表情にも焦《あせ》りが出ていたようで、
俺は慌《あわ》てて笑って誤魔化す。

「す、すごいですね……ほんとに部屋に露天風呂がついてるなんて」

「ね！　もちろん予約した時点で分かってはいたけど、こうやって実物を見るとなんだか嬉《うれ》しくなっちゃう」

内心焦りまくっている俺を余所に、後藤さんは無邪気《むじゃき》にはしゃいでいる。

……こんなふうに意識しまくっているのは俺だけなのか？

後藤さんの表情を盗《ぬす》み見《み》ても、その心の奥底まで見透《みす》かすことはとうていできなかった。

「さて、夕食までまだ一時間あるみたいだし……」

後藤さんは足の疲労《ひろう》など忘れてしまったかのように潑剌《はつらつ》とした様子で言った。

「まずは大浴場に行ってみようかしら。吉田君はどうする？」

一人で部屋で悶々《もんもん》としていても仕方がない。俺もこくこくと頷《うなず》いた。

「俺もせっかくだし、入ってこようと思います。足も疲《つか》れましたし」

「そうよね。そうしましょう！」

後藤さんは嬉しそうにぱたぱたと踏込《ふみこみ》近くのワードローブに駆《か》け寄《よ》って、中から館内着を二つ取り出した。女性用は浴衣《ゆかた》で、男性用は長袖《ながそで》の甚平《じんべい》だった。

甚平を後藤さんから受け取る。

「バスタオルは脱衣《だつい》所にあるから、部屋から持って行かなくてもいいって言ってたわよね」

「ええ、確かそう言っていた気が」

正直、仲居さんの説明は、あまりにそわそわしすぎて半分聞き流しているようなものだったが……そんなようなことを言っていた記憶《きおく》はある。

「じゃあ、早速行きましょう！」

後藤さんはそう言って、いそいそと踏込へ向かう。そして。

「あ……」

館内用の履物《はきもの》を見て、小さく声を上げた。

「どうしました？」

傍《そば》に寄って同じように履物を見ると、それは少し大きめの下駄《げた》だった。サイズがいくつかあるが、その中で一番小さなものも、後藤さんの足のサイズから考えると少し大きそうだ。

「サイズ合わないですかね？」

「ああ、いや……そうじゃなくて」

後藤さんはそこで少しもじもじとしたような素振《そぶ》りを見せた。

なんだ？　と思っていると。

「ちょ、ちょっと待っててね……」

後藤さんはそう言ってから、そそくさと洗面所に引っ込んでいく。ご丁寧《ていねい》にその扉まで閉めたので、俺は頭に疑問符《ぎもんふ》を浮《う》かべたまま踏込に立ち尽《つ》くした。

トイレだろうか？

そんなことを考えているうちに、すぐに洗面所の扉が開く。

すぐに、疑問は解決した。

彼女は先ほどまで身に着けていたストッキングを脱《ぬ》いで、手に持っていた。心臓がドキリと跳《は》ねる。

彼女の穿《は》くスカートの丈《たけ》は長く、そこまで露出《ろしゅつ》が多いわけでもないのに、今まで見えていなかった素肌《すはだ》が垣間《かいま》見《み》えただけでどうしてこうもどぎまぎしてしまうのか。

後藤さんはキャリーケースの中にそれをしまい込んで、ふう、と息を吐《は》く。

「ストッキング穿いたままだと、下駄を上手《うま》く履けないから……」

「な、なるほど……」

彼女がほんのり顔を赤くしながら、言い訳のようにそんなことを言うので、俺もなんだか気恥《きは》ずかしくなり、互《たが》いに目を逸《そ》らしながら頷き合う。

「じゃ、行きましょっか」

「はい」

二人とも部屋のカードキーを持ち、客間を出る。全体的に和風な旅館だが、部屋の施《せ》錠《じょう》はオートロックで、開錠《かいじょう》もカードキーで行うというのだから、なんだか高い旅館に来たという気持ちが強まる。

エレベーターに乗り、大浴場のある二階へとたどり着く。

そこから浴場へ行くまでの短い間にも、何度も湯上りの若いカップルたちとすれ違《ちが》った。

「……やっぱカップル多いっすね」

何気なく、そんな感想を俺が漏《も》らすと、隣《となり》の後藤さんがすう、と息を吸い込んだ音が聞こえた。

あれ？　と思い彼女の方を向くと。

「……そ、そうね…………」

後藤さんはなんだか気まずそうに頰《ほお》を染めながらそっぽを向いていた。

「あっ…………」

俺も思わず小さく声を上げて、たまらず彼女から目を逸らす。

俺たちも……こうして男女でこの旅館に来ているわけで。

他から見たら、カップルとして見られる可能性が高いわけで。

あまりに迂闊《うかつ》な発言をしてしまった……と、悔《く》やんでいるうちに、俺たちは大浴場の入口へとたどり着く。

入口は二つに分かれており、それぞれに「男」「女」とシンプルに書かれた暖簾《のれん》がかかっていた。典型的な〝温泉らしさ〟に思わず「おお……」と声が漏れる。

「じゃ、じゃあ……また一時間後に」

「あ、はい……！　また後で」

なんだかぎくしゃくしたままの空気で、俺と後藤さんは別れた。

旅館に着いてからというもの、常に緊張《きんちょう》してしまっていたので、一人になると力が抜《ぬ》けた。

脱衣所に入ると、硫黄《いおう》の独特の匂《にお》いがしている。いよいよ、温泉のあるところへやってきたという感覚が強まってくる。

思ったよりもずっと備え付けられているロッカーの数が多く、こりゃ思っていたよりも大きい浴場かもしれないぞ……などと期待を膨《ふく》らませながら、いそいそと服を脱いだ。

この旅行中、俺の気分はジェットコースターのようだ。後藤さんとのあれそれに緊張したり気を揉《も》んだりしたかと思えば、美しい景色や温泉に心を躍《おど》らせる。

廊下《ろうか》で何度もすれ違った若いカップルたちのことを思い出す。ああいうふうに、お互いに想いが通じ合った状態で旅行に来たなら、もっと純粋《じゅんすい》に楽しめたのだろうな……なんてことを考えながら。

すっかり服を脱ぎ終え、手ぬぐいを持って大浴場の扉を開ける。

「うお……」

思わず声が漏れた。

ロッカーの数から想像していた通りに、そして、その想像以上に……大浴場は巨大《きょだい》だった。パッと見ただけでも四つ以上の湯があり、色が濁《にご》っているものや、ジャグジーになっているものなど……様々な楽しみ方ができそうだ。

奥にはサウナや、露天風呂へ繋《つな》がる扉も見て取れた。

これであれば、一時間などあっという間に潰《つぶ》れそうだった。

すっかり浮かれた気分になり、洗い場に向かう。

服を着た状態だとあまり気にならなかったが、こうして全裸《ぜんら》になると、身体《からだ》のべたつきが異様に気になった。

外は寒く、稲荷大社を歩いている時はまったく意識していなかったが、やはりあれだけ歩けばなんだかんだで汗をかいていたようだった。

木桶《きおけ》にお湯をためて、ばしゃりと身体にかけると、とてもすっきりとした気持ちになる。

爽快感《そうかいかん》を覚えながら、頭やら身体やらを隅々《すみずみ》までせっせと洗い……いそいそと、〃薬膳《やくぜん》湯〃と書かれた浴槽《よくそう》の前へと向かった。

すでに身体は洗っていたが、一応かけ湯をする。

湯からは、鼻にツンとつくようで、しかしすっきりと抜けていくような……不思議な香《かお》りが立ち上っている。

ゆっくりと爪先《つまさき》から湯に足をつけ、浴槽に入る。

「ほぉー………」

ため息が漏れた。

足先からじわじわと温かみが全身に広がっていくようだった。

足の次は、腰《こし》。腰の次は、上半身……と、段階的に湯の中に身体を沈《しず》めていくと、なんとも言えぬ安心感と多幸感に全身が包まれていった。

「いい………」

誰《だれ》にも聞こえないような小さな声で、そう漏らす。

思えば、温泉に入ったのなんていつぶりだろうか。

多分、入社二年目だったかに、会社の慰安《いあん》旅行で熱海《あたみ》に行ったのが最後だ。あの時は遠目から浴衣姿の後藤さんを見てドキドキとしていたものだったが……。

また、思考が後藤さんについてのそれに舞《ま》い戻《もど》ってくる。

今日は、二人きりの旅行なのだ。

あの時よりもずっと近くで、彼女の浴衣姿を見られる。近距離《きんきょり》でそんなものを見て平静を保っていられるかは別として、喜ばしいことなのは間違《まちが》いない。

温かな湯の中で、意中の女性のことを考えていると、必要以上に身体がぽかぽかとしてくる感覚があった。薬膳湯だから余計にそう感じるのかもしれない。

のぼせる前にいろいろ楽しみたかったので、薬膳湯からはさっさと上がる。

浴槽から上がっても、身体はぽかぽかとしていた。

……で、あれば。

俺は早足で、〝露天風呂《ろてんぶろ》〟へと続く扉《とびら》に向かい、それを開ける。

「うお、寒っ……！」

二枚の扉を順に開けて外に出ると、身体の表面を突《つ》き刺《さ》すような寒さに襲《おそ》われた。

しかし、身体の芯《しん》は温まっているからか、耐《た》え難い寒さには感じない。

大浴場が二階にある時点で、露天風呂にはそこまで期待していなかったのだが……露天風呂は建物から突き出る形で造られているようで、床《ゆか》にはなめらかな石が敷《し》き詰《つ》められた豪勢《ごうせい》な造りになっていた。ぬるい湯と熱い湯の二つに浴槽が分かれている。

俺はまず、熱い湯に入った。室内の浴槽よりも随分《ずいぶん》温度が高く、あっという間に冷えた体表が熱くなった。

顔にびっしりと汗《あせ》をかいた頃《ころ》に、浴槽から出る。さっきよりも外の寒さに厳しさを感じず、むしろ気持ち良さすらあった。

のんびりと空気の冷たさを楽しむように歩いて、今度はぬるい湯につかる。これが、なかなかどうして、気持ち良い。

少し冷えた身体が再びじんわりと温まっていくのが分かる。

冬の十九時過ぎというのは、もうすっかり夜だ。今日は天気が良くて、空には星が瞬《またた》いている。

湯の水面からもくもくと上がる湯けむりに包まれながら、星空を見上げていると、心身共にリラックスしていくのを感じた。

たまには、こういうのも良いな、と、思った。

今まで後藤さんと並び立って旅行に来ているという、楽しくも緊張する場面が続いていたが……ここに来てようやく、旅情というものをしみじみと感じられた気がした。

なんとなく、この後も後藤さんとのんびり旅行を楽しめるんじゃないか……と、ようやく、そんな心のゆとりを持つことができて。

俺はなんだか、とても安心したのだった。

7話

受動

「はぁ……美味《おい》しかった」

二人とも時間いっぱいに温泉を楽しんだ後は、夕食だった。

客間の大きなローテーブルに、前菜から順に、上品な食事が運ばれてくるのは、なんとも落ち着かない気持ちだったが……とにかく、何もかもが美味《うま》かった。

のんびりと会話を楽しみながら食事をしていると、ちょうど皿が空いた頃に仲居さんが次の料理を持ってくるので、驚《おどろ》いた。監視《かんし》カメラでもついているのではないかと疑いたくなるほどに、毎回絶妙《ぜつみょう》なタイミングなのだ。

山菜の和《あ》え物《もの》から始まり、海鮮《かいせん》や、小さな鍋《なべ》……。そして、メインディッシュの肉と共に白米が出てきた頃にはすでに腹八分目だったが、満腹感を覚えながらもゆっくりとすべての食事を平らげた。

俺はお世辞にも舌が肥えているとは言えない人間だが、そんな俺でも他との違《ちが》いが分かるほどに、上質な料理だった。

「たまには、こういう高級な食事もいいもんですね」

食後の日本酒をちまちまと飲みながら俺が言うと、後藤《ごとう》さんも満足げに頷《うなず》く。

「そうね。普段《ふだん》食べてるものとは全然違って……そこが楽しい」

「ええ……本当に」

俺は何度も首を縦に振《ふ》ってから、後藤さんをじっと見た。

彼女も俺の目を見て、小首を傾《かし》げる。

「なぁに？」

酒で気分が良くなっているのか、後藤さんは少し舌の回りが悪くなっているようだった。

そんなところも、可愛《かわい》らしく感じられる。

「連れてきてくれて、ありがとうございました。すごく、楽しいです」

思ったままを素直に伝えると、後藤さんは数度、ぱちぱちとまばたきをしてから、はにかむように笑った。

「ふふ、良かった。私も……吉田《よしだ》君と来られて良かった」

そう言って微笑《ほほえ》む後藤さんに、俺はまたもやどぎまぎしてしまう。

湯上りのすべすべの肌《はだ》。メイクはほとんど落としているようだったが——しかし、こまめなことで、アイメイクとリップだけは風呂上《ふろあが》りにやり直したようだ――、それでも彼女の肌はきめ細やかだった。そんなに女性の肌をまじまじと見つめることもないので適当なことは言えないが……なんとなくこれが女性の平均値なのだと誤解してはいけないのだろうなと思うほどに、彼女の肌は美しい。

そして、ご飯をお腹《なか》いっぱい食べ、日本酒をひっかけたからか……そんな彼女の美しい頬《ほお》にはほんのりと朱《しゅ》がさしている。

艶《つや》っぽい、という言葉がここまで似合う人がいるのだろうか、と、思う。

「なぁに、まじまじと見つめて……」

思わず見惚《みと》れていると、後藤さんは気恥《きは》ずかしそうに身をよじった。

「いや……なんというか……」

どう言ったものか、と、迷ったが。

俺もそれなりに酔《よ》いが回っていたのか……深く考えるよりも先に、言葉が出た。

「綺麗《きれい》だな……と……思って……」

俺がそう言うと、後藤さんは目を丸くした。それから数秒経《た》って、思い出したように照《て》れ始める。

「もう……いつからそんなに口が上手《うま》くなったのよ」

「いや、お世辞じゃないんですけど……」

「照れるってば、も～……」

後藤さんは照れ隠《かく》しのようにお猪口《ちょこ》に注《つ》いだ日本酒をくい、と飲む。ほう、と息を吐《は》いてから、空になっていた俺のお猪口にも日本酒を注いでくれた。

「ね、せっかくだしもっと飲みましょう。いつもビールばかりだから、たまには日本酒もいいわよね」

「そうですね。是非《ぜひ》」

俺も後藤さんのお猪口に日本酒を注いで返す。

二人でそれを持ち上げて。

「じゃ、改めて、乾杯《かんぱい》」

「ええ。乾杯」

一口、日本酒を飲む。甘くて飲みやすいのに、それでいて、風味が豊かだった。

改めてラベルを見ると、「蒼空」――こう書いて「そうくう」と読むらしい――という名の日本酒だ。

食事とは別料金で頼《たの》めるものだったが、仲居さんにオススメを聞いてみると、飲みやすさと日本酒らしい味の濃《こ》さが両方楽しめるのがこれ、と言われて、注文してみた。

個人的に、大当たりだ。

普段から日本酒に親しんでいるわけではない俺にも、美味しさが分かる。後藤さんの反応も大変良かったので、これにして正解だったなと思う。

夕食でかなり腹が膨《ふく》れてしまっていたので、二人してあまりペースを上げて飲むことができなかったが……それがかえって良かったとも言える。

ちびちびと日本酒を飲みながら談笑する時間はとても心地《ここち》よく、後藤さんに対しての緊《きん》張《ちょう》も少しずつほぐれていくのを感じていた。

そうして楽しく飲んでいるうちに、あっという間に時間が過ぎ、時刻は二十三時を回っていた。

「吉田君……私ねぇ……」

随分《ずいぶん》と酔っ払《ぱら》って、半ば机に突《つ》っ伏《ぷ》すような姿勢になりながら、呂律《ろれつ》の回らない様子で後藤さんが口を開いた。

「…………」

「…………」

長い沈黙《ちんもく》。

ここに来て、俺は緊張し始めた。

まるで何気ない談笑を始めるような口調だったので無警戒《むけいかい》だったが……もしかして、これは大事な話なのではないか？　と、長すぎる沈黙の意味を探ってしまう。

「…………」

「…………？」

しかし、あまりに後藤さんが何も言わないので、思わず後藤さんの顔を覗《のぞ》き込むように頭を動かす。

「…………ね、寝《ね》てる……」

後藤さんは机に顔をつけたまま、目を瞑《つぶ》っていた。

すうすうと静かに寝息《ねいき》を立てており、身体《からだ》もそれに合わせてゆっくりと動いていた。

「……お疲《つか》れでしたね」

よくよく考えれば、平日は働き詰《づ》めで、その翌日に旅行にやってきて、普段は歩かないような山道を長時間歩いた後だ。温泉に入って身体を弛緩《しかん》させた上、酒も飲んでしまったらそりゃあ眠《ねむ》くなってしまうのも当然だろう。

今晩は何かあるかと、期待と不安が半々の気持ちだったが……こうして彼女が眠ってしまい、もう〝何もない〟ということが分かると不思議と安心した。

後藤さんと関係を進めたいという気持ちも確かにあるのに、このまま何事もなく楽しく旅行を終えてしまいたいという気持ちも同時に存在している。

自分にそんな臆病《おくびょう》でずるい感情があることに驚いたが……まあ、俺がみっともない人間なのは今に始まったことではない。そういう部分も受け入れていかねばなるまい、と、思う。改善は、受け入れた後、だ。

しかし……テーブルに突っ伏して長時間眠らせるのも、さすがに悪い。

せっかく温泉でほぐした身体も凝《こ》ってしまうだろうし、旅行で風邪《かぜ》を引かせてしまうのも心苦しい。

眠るのであれば、きちんとベッドに移動してもらわなければならない。

「後藤さん」

「ん～………」

軽く肩《かた》を揺《ゆ》すってみるが、彼女は明らかに覚醒《かくせい》していない様子で身じろぎをするだけだ。

「後藤さん、寝るならベッドに移動しましょう」

言いながら、ベッドの方に視線を動かす。

この部屋は畳《たたみ》の敷《し》き詰められた和室だが……不思議と和風に見える造りの、背の低いベッドが二つ備え付けられていた。普通《ふつう》の様式ベッドとは違い、木組みの台座の上に畳が敷かれており、その上にマットレスが置いてある形のようだった。

再び後藤さんを見るも、やはり彼女は眠ったままだった。思ったよりも酒が進んでいたようだ。

「……仕方ない」

俺はおずおずと立ち上がり、後藤さんの真横まで移動した。

「失礼しますよ」

少々緊張しつつ、「これは仕方のないこと」と心の中で唱えながら、俺は後藤さんの右《みぎ》腋《わき》の下《した》から、左肩《ひだりかた》にかけて、腕《うで》を通す。そして、左腕で後藤さんの膝裏《ひざうら》を支え、ゆっくりと持ち上げた。

…………思ったよりも、重い。

いや、これだけ肉付きが良ければ、これくらいが普通なのかもしれない。

そもそもお姫様《ひめさま》だっこなんて、神田先輩《かんだせんぱい》と付き合っていた時にせがまれておふざけでやったのが最後だ。神田先輩もスポーツ少女だったので身体はしっかりしており、細身だというのに持ち上げると思ったよりもずっしりと存在感があった。しかし、あの頃《ころ》は俺も身体を鍛《きた》えていて筋肉があったので、やすやすと持ち上げることができていた。

そうだ、後藤さんが重いんじゃない。俺が衰《おとろ》えただけだ。

そんなことを思いながらちらりと後藤さんの顔を見ると。

「…………」

「…………」

至近距離《きょり》で、ばっちりと目が合っていた。

「お……起きてたんですか」

「いや、ごめんなさい、寝てたかも……。でも、持ち上げられたら、さすがに起きるわよ」

「ごめんなさい、起こすつもりは」

よくよく考えれば、後藤さんの言う通りだった。酩酊《めいてい》しきっているわけでもなし、身体を持ち上げられても起きないほどの深い眠りに落ちているわけがなかった。

「お、お姫様だっこなんて……生まれて初めて……」

顔を赤くしながら、後藤さんが照れ笑いを浮《う》かべる。

「ああ、ごめんなさい！」

俺が慌《あわ》てるのを見て、後藤さんはぶんぶんと首を横に振《ふ》った。

「いいのよ。ベッドに運ぼうとしてくれたの？」

「は、はい……」

「じゃあせっかくだし……このまま運んでくれる？」

「はい……」

ガチガチに緊張しながら、受け答えをする。

『彼女をベッドに運ぶためだ』と自分に言い聞かせていた時は、適度な緊張で済んでいたというのに、こうして目を覚まされてしまうとそうもいかない。

よろついてしまわないように全身に力を入れながら、後藤さんをベッドへと運ぶ。

「んふふ……なんか、年下の男の子に持ち上げられてるの、不思議な感じ」

腕の中で、後藤さんが肩を揺する。

温泉特有の硫黄《いおう》っぽい香《かお》りと一緒《いっしょ》に、シャンプーのような甘い香りが漂《ただよ》ってきて、なんともいえない気持ちになった。

ベッドの前まで歩みを進め、ゆっくりと後藤さんを下ろそうと、足と腰《こし》を曲げていく。

しかし、慣れない体勢のせいか……その途中《とちゅう》で右腿《みぎもも》の後ろ側の筋にピキッと痛みが走った。

「うおっ」

「きゃっ！」

痛みをかばってバランスを崩《くず》しそうになるのをなんとかこらえたものの、俺は後藤さんをベッドに下ろした勢いのまま、彼女に覆《おお》いかぶさってしまう。

俺の顔は思い切り後藤さんの胸にぶつかっていた。

こ、こんなアニメみたいな展開を自分が起こすことになるとは！　と、慌てて立ち上がろうとするが、右腿は痛んだままだった。

「痛っ……！」

「ああ、無理しないで……大丈夫《だいじょうぶ》だから」

立ち上がろうとする俺の肩を、後藤さんが摑《つか》んだ。

そうは言っても、俺の顔は後藤さんの胸にぶつかったままで……。

痛いのと、柔《やわ》らかいので、頭の中が滅茶苦茶《めちゃくちゃ》だった。

俺はなんとか自分のとるべき行動を頭の中で整理して、まず、左手を上げ、後藤さんに「大丈夫」とサインを出した。

そのまま右腕《みぎうで》をベッドにつき、腕力《わんりょく》で自分の身体を起こす。

「す、すみません……本当に……」

謝りながら、俺はベッドに腰《こし》掛《か》けなおし、右脚《みぎあし》をピンと伸《の》ばした。

つりかけていた筋肉が伸びて、痛みが和らいでいく。曲げたり、伸ばしたりを繰《く》り返《かえ》すうちに、痛みは消えた。

「いやぁ、やっぱり普段《ふだん》から運動しないと、ダメです……ね……」

誤魔化《ごまか》し笑いを浮かべながら後藤さんの方へ振り向《む》いた途端《とたん》に、心臓が跳《は》ねた。

後藤さんの顔はとても赤かった。いや、赤い、というより……上気しているように見えた。

少しだけ浴衣《ゆかた》の胸元がはだけている。

潤《うる》む瞳《ひとみ》で、俺を見つめていた。

「ご、後藤さん……？」

異様な雰囲気《ふんいき》にたじろいでしまう。俺が名前を呼ぶと……彼女はゆっくりと、俺の甚平《じんべい》の袖《そで》をつまんだ。

「吉田君……この後……どうする？」

後藤さんが俺を見つめたままそんなことを言うので、いよいよ俺も本格的に動揺《どうよう》した。

これは……誘《さそ》われているんじゃないのか？

「ど、どうするって……いうのは……」

俺が訊《き》くと、後藤さんはごくり、と唾《つば》を飲んだ。そして、俺に向けられていた視線が、ベッドの上で泳ぐ。

「だから……その……別々のベッドで寝て……終わりなの？」

顔を真っ赤にしながらそう言って、再び上目遣《うわめづか》いで俺を見る後藤さん。

口の中の水分が逃《に》げていくような感覚があった。

鈍感《どんかん》な俺でも分かる。

これは、誘われている。もしそうじゃないんだとしたら、誤解をさせるのにも程があるだろう。

しかし……しかし、だ。

俺はまだ、後藤さんの気持ちをはっきりと聞いていない。

このまま誘われるまま唇《くちびる》を重ねて、それ以上のことをして……後から気持ちを確認するなどという〝互《たが》いに〟ズルいやり方は、嫌《いや》だった。

そんなふうになってしまうのなら、今まで気持ちをこらえてきた意味がない。

「……どういう、意味ですか」

俺は改めて訊いた。

後藤さんは約束をしたのだ。次は自分から告白をすると。

その約束の上で、俺と後藤さんは長い時間をかけて、二人の関係性を作り上げてきたと、俺はそう思っている。

だから……必ず、言葉にしてくれると信じていた。

「だから………だから、ね」

後藤さんは俺の甚平の袖を先ほどよりも強く、きゅっ、とつまんだ。

上気した表情で、俺を見る。
気持ちは同じだと、分かっていた。
後は、彼女がそれを告げてくれるのを待つだけだ。
その儀式《ぎしき》を終えて、俺たちはようやく……結ばれることができる。
だと、いうのに。

「吉田君がしたいなら……いいよ？」

後藤さんは、顔を真っ赤にしながら、そう言った。
その言葉を聞いて……俺は。

8話 失敗

こんな役得があってもいいのか、と思った。

吉田《よしだ》君にお姫様抱《ひめさまだ》っこをされている。

正直、日本酒をおちょこで五、六杯《ぱい》飲んだあたりから眠気《ねむけ》は感じていた。でも、お酒を飲みながら吉田君と話すのはとても楽しくて、眠気に抗《あらが》いながらも飲酒をやめずにいたら……気付けば、眠《ねむ》ってしまっていたのだ。

でも……まさかベッドに運んでくれようとするなんて思ってもみなくて。

目を開けた途端に、意識がはっきりと覚醒《かくせい》してしまった。

吉田君の腕《うで》に力が入っているのが、背中越《こ》しに分かった。男の人の、たくましい腕。それも、好きな相手のそれは、なんとも頼《たの》もしくて、ドキドキした。

ベッドに下ろしてくれようとした時、彼は慣れない体勢で足が攣《つ》ってしまったようで、私の身体《からだ》に倒《たお》れ込んできた。彼の顔が思い切り私の胸にうずもれる形になったけれど、まったく嫌な気持ちはしなかった。むしろドキドキするばかりで、心臓が胸から飛び出してしまいそうだ。心音を彼に聴《き》かれないかと気が気じゃない。でも、離《はな》れないでほしい。心の中がぐちゃぐちゃになっている。

彼は大慌《おおあわ》てで起き上がって、足を曲げたり伸ばしたりしている。

……きっと、このまま何事もなかったかのように、彼はもう一つのベッドに潜《もぐ》り込んで寝《ね》てしまうんじゃないかという予感があった。

せっかくこんなに近くにいられるのに……それは、とても寂《さび》しい。

そう思った時に、なんだか下腹部に落ち着きのなさを感じた。それに、そのあたりがとても熱く感じられた。

そして、気付く。

……ああ、私はどうしようもなく、吉田君を求めているんだなぁ、と。

酔《よ》ってふわふわとした身体で、このまま吉田君と抱《だ》き合《あ》ったら、どんな感じなんだろう、とか。彼はどんな顔をしながら私を抱いてくれるのだろう、とか。キスをしたらどんな気持ちになるんだろう、とか。

恥《は》ずかしいことに、頭の中は吉田君とのいやらしい妄想《もうそう》でいっぱいだった。

自分がこんなことを考える日が来るなんて……思ってもみなかった。きっと、これが恋《こい》というもので、その感情は行きつくところまで行けば、相手の身体ごと求めたくなってしまうものなのだろう。こんな歳《とし》になって、ようやくそんな感情を理解した。

吉田君は照れを誤魔化《ごまか》すように何か言っていたが、全然耳に入らなかった。

「吉田君……この後……どうする？」

感情のままに、私がそう訊くと、吉田君の表情が大きく変化した。

驚《おどろ》き、そして、緊張《きんちょう》。顔を見るだけで、手に取るように分かった。そんなところも好きだと思った。

「ど、どうするって……いうのは……」

まごつきながら、彼が問う。

言わされるのは恥ずかしい。でも、彼にもきちんと分かるように誘わないと、これ以上には進めないと分かっていた。

「だから……その……別々のベッドで寝て……終わりなの？」

私はそう言って、彼を見た。

顔がめちゃくちゃに熱い。きっと赤くなってしまっているだろう、と思った。

吉田君はさらに緊張するように深く息を吸った。

でも、すぐに……彼の表情は、真剣《しんけん》なものに変わった。

「……どういう、意味ですか」

分かっているくせに、彼は、そう言った。

その言葉で、ハッとする。

彼は、あくまでも私の言葉を引き出そうとしているのだ。

私は一度、彼の告白を嘘《うそ》の言葉で跳《は》ねのけてしまったから。

次は、私の方から、しっかり気持ちを伝えなければならない。そういう約束だった。

「だから……だから、ね」

自分の本音を曝《さら》け出《だ》すのがこんなにも苦しく、恥ずかしさを感じるものだとは思わなかった。以前、焼き肉屋で彼に「好き」と伝えた時は、どうしてあんなに余裕《よゆう》の表情を浮《う》かべていられたのだろうか、と思い返す。

あの時は、そう……必死だったからだ。

彼の心の中で何か別の存在が大きくなっていっていることが、分かっていたから。

あの時はそれが誰《だれ》なのか分かっていなかったから、もしかしたら三島《みしま》さんなんじゃないかと邪推《じゃすい》していたけれど。

誰だろうと、同じことだった。

私は自分から吉田君の告白を断っておきながら、他の誰かに彼が盗《と》られてしまうことに怯《おび》えていた。

だから、あくまで彼の気を引くという目的の下に、余裕のあるオトナのような顔で、彼を揺《ゆ》さぶるように想《おも》いを伝えてみせた。

でも……今は違《ちが》う。

私はノーガードでこの場にいた。もう他の人のことなんてどうでも良くて、ただただ、彼と一緒《いっしょ》になりたいという気持ちだけで、この突発《とっぱつ》的な旅行を敢行《かんこう》したのだ。

建前も何もない、生の感情。

人生の中で、ずっと押し殺し続けてきたそれを他人に開示することは、信じられないほどに恐《おそ》ろしかった。

きっと吉田君は今でも私のことを好いてくれている。それは、旅行中の彼の態度で分かっているつもりだ。それでも、怖《こわ》かった。

吉田君には他の人よりもずっと素の部分を見せてきたように思う。それを許してくれる彼が好きだった。

それでも、やっぱり、私は彼の前でだって、『大人っぽい自分』を演出し続けていた。

そういう武装をすべて剥《は》がして、少女みたいに彼に想いを伝えたら、がっかりされてしまうんじゃないか。そんな不安が拭《ぬぐ》いきれないのだ。

「好き」というその一言ですべてが伝わると分かっているのに。

私は……それに取って代わる言葉を、探してしまった。

吉田君は以前、私の言葉が本気であることを確かめるために、「俺とヤれますか」と問うてきた。

お互《たが》いオトナだ。だから、きっとこう言えば、伝わるはずだ。

そう思って。


「吉田君がしたいなら……いいよ？」


私は、胸を高鳴らせながら、そう言った。

吉田君はゆっくりと目を大きく見開いていく。そして、切なそうに……目を伏《ふ》せた。

ベッドの上に置かれていた彼の手が、ぎゅう、と握《にぎ》られる。

吉田君はゆっくりと鼻から息を吐《は》き……それから、顔を上げた。

そこには、寂しそうな微笑《ほほえ》みが浮かんでいた。

胸がズキリと痛む。

吉田君は、小さな声で言った。

「やっぱり…………言ってくれないんですね」

「えっ……」

彼はゆっくりとベッドから立ち上がって、ぎこちない笑顔を作った。

「誘《さそ》ってくれたのに……すみません。今日は、普通《ふつう》に寝ましょう。別々のベッドで」

「え、でも……！」

「歯、磨《みが》いてきます」

私の言葉を遮《さえぎ》るように、吉田君はそう言って、洗面所に向かった。ぴしゃり、と扉《とびら》が閉まる。

私はしばらく、呆然《ぼうぜん》と閉まった洗面所の扉を見つめていた。

＊

嫌《いや》みなほどに空気が澄んでいた。

一人で客室露天風呂《ろてんぶろ》に浸《つ》かりながら、空を見上げている。満天の星。

綺麗《きれい》なのに、今はまったく気分が晴れ晴れとしない。

宣言通り、吉田君は歯を磨き終えてすぐに、もう一つのベッドに潜り込んで、普通な顔で「おやすみなさい」と言い、眠ってしまった。

私もしばらくベッドにいたけれど、まったく眠れなくて……気分を変えようと露天風呂に逃《に》げてきたわけだ。

吉田君が眠ってしまう前の会話を、思い出す。

お互いに、あの会話が意味することを理解していた。ムードもあった。

でも……私の一言で、彼の気が変わってしまった。

その理由も……今では分かっていた。

自分の発した言葉を思い返す。

『吉田君がしたいなら……いいよ？』

私はどこまでも、ずるい女だった。

私はあの時、はっきりと、「あなたのことが好きです」と伝えるべきだった。

しかし、自分の培《つちか》ってきたものを捨て切れず、彼のことを信じ切れず……結局、告白のような顔をしながら、彼に決定権を委ねてしまった。

あの時はあれが告白に代わると本気で思っていたのだから、我ながら本当にどうしようもない。

あるいは、彼がもっと物事を軽く捉《とら》える性格だったのであれば、あのまま私の誘いに乗って、身体を重ねて、それから想いを確認し合えたかもしれない。でも……彼がそういう人ではないことを、私は知っていたはずだ。そんなところが好きだった。

何もかも間違《まちが》えてしまったのだ。

「私の馬鹿《ばか》………」

目を伏せると、たちまち涙《なみだ》が出てきた。

何を泣いているのだ、と思う。

きっと、泣きたいのは吉田君の方だったろう。

意中の相手から旅行に誘われて、同じ部屋に泊《と》まり、最後は明らかにセックスをほのめかすような誘われ方をして……。

だというのに、彼は私との〝約束〟を重視して、こらえたのだ。

それだけ彼にとって大きかった約束を、私は無意識のうちに軽く考えていた。

言葉一つで……彼のことを傷付け、そして、自分の欲しい結果も逃《のが》してしまった。

露天風呂だって、本当は二人で入りたかった。

この旅行で男女の関係になるかどうかは別として、客室露天風呂に二人で入ってのんびりと会話をするなんていう、ロマンチックな出来事を体験してみたかったから、この部屋を選んだというのに。

結局、私は、私の行動のせいで、こうして惨《みじ》めに、一人で風呂《ふろ》に浸かっている。

今までは『先を見据《みす》えた保留』で、上手《うま》く世の中を渡《わた》って来た気でいた。

そういう成功体験しか、私にはなかったのだ。

だから、いつまで経《た》っても、他人の心の深い部分には触《ふ》れることができない。

『欲しいものは、手に入らない』だなんて、まるで悲劇のヒロインのように自分に言い聞かせていたけれど……。

欲しいものを手に入れられないのは、すべて、自分のせいなのだとよく分かった。

何のリスクも取ろうとしないから、本当に欲しいものを手に入れることができないのだ。

「はぁ……」

ため息をついて、もう一度顔を上げる。

涙で滲《にじ》んで、星空は出来の悪い万華鏡《まんげきよう》のように見えた。

明日《あした》から……どんな顔をして吉田君と話せばいいのだろう。

そんなことを考えながら、足やら手やらがしわしわになってしまうまで湯船に浸かり、
静かに身体《からだ》を拭《ふ》き、浴衣《ゆかた》を着直し、吉田君を起こさぬようにベッドに入り直す。

ベッドに入ってもずっとぐるぐると同じようなことばかりを考えていたが、温まった身体が少しずつ冷めていくのに合わせてようやく眠気《ねむけ》を感じて……気付けば、眠りに落ちて

いた。

＊

翌日、吉田君は〝いつも通り〟だった。

昨日の夜のことには何も触れず、優しく微笑みながら当たり前のように会話をしてくれる。

ビュッフェ形式の朝食も楽しそうにいろいろな種類のおかずを取って、そのすべてに感動しながら食べていた。

私も「美味《おい》しいわね」なんて相槌《あいづち》を打っていたけれど、実のところ、あんまり食事に集中できていなかった。

私の知る限りでは、吉田君は『何かを取《と》り繕《つくろ》う』のが下手なタイプだと思う。そんな吉田君が、昨日あんなことがあったのにもかかわらず、普通に接してくるという状況《じようきよう》になんだかそわそわしてしまうのだ。

がっかりされているんじゃないのか。されて当然だ。

私に気を遣《つか》って楽しそうにしてくれているんじゃないのか。

今すぐ帰りたいと思っているんじゃないか。

そんな不安がぐるぐると胸の内を回っている。

そんな気持ちを抱《かか》えたまま、チェックアウトの時間になり、私たちは旅館を出た。

「いやぁ、本当にいい旅館でしたね。ありがとうございました」

「いえいえ、いいのよ」

相変わらず、吉田君は快活だった。

歩き出そうとする吉田君とは対照的に、私はその場で立ち尽《つ》くしたままだった。

吉田君は振《ふ》り返《かえ》って、不思議そうに私を見つめる。

「どうしました？」

訊《き》かれて、私は口ごもる。

この後、どうする？　と訊こうとして。

それは昨夜の私のセリフと同じだということに気が付いて、やめた。

「か、帰ろっか？」

私がようやくそう言うと、吉田君は「あー」と声を漏《も》らした。

そして、おずおずと私の横に寄ってきて、言った。

「せっかく京都に来たから……清水寺《きよみずでら》に行きたいと思ってたんですけど……あんまり時間

ないですかね？」

彼がそう言うのに、私は驚《おどろ》いてしまう。

「えっ……いや、私は大丈夫《だいじょうぶ》だけど……」

「ほんとですか？　じゃあ行きましょうよ。紅葉シーズンじゃないのが残念ですけど……」

「ええ、分かったわ」

うんうんと嬉《うれ》しそうに頷《うなず》いて、吉田君が歩き出す。

タクシーでの送迎《そうげい》付きの旅館だったので、彼は旅館の前で待機していたタクシーに駆《か》け寄《よ》って行って、運転手に片手を上げた。

私もその後を追うように歩き出す。

気まずさを感じているのは、私だけなのだろうか。

それとも……やっぱり、私に気を遣ってくれているのだろうか。

いずれにせよ……私がいつまでもこんなふうにぎくしゃくとした空気を醸《かも》し出していたら申し訳ないということだ。

吉田君がこっちを見ていないのをいいことに、私はパンパンと頬《ほお》を軽く両手で叩《たた》いた。

まだ旅行は終わっていない。昨日のことは一旦《いったん》置いておいて……最後まで彼にとって楽しい旅行になるようにするべきだ。

「後藤《ごとう》さん！　清水寺まで送ってくれるらしいですよ！」

「ほんと？　良かった！」

こっちを振り返って嬉しそうにそう言う吉田君に、私も笑顔で頷いた。

タクシーで清水寺近辺まで連れて行ってもらい、それから、清水寺に続く坂を歩いた。

京都らしい碁盤《ごばん》のような造りの街に感心しながら、ゆっくりと観光をして、その途中《とちゅう》にいろいろなお土産屋《みやげ》があったので、二人で試食しながら、会社用のお土産を見繕《みつくろ》った。

よくよく考えれば帰りがけに買った方が良かっただろうに、何を食べても美味しかったので、二人ともはしゃいでしまい、お寺に入る前にお土産を買いこんでしまった。「失敗したね」なんて笑い合いながら清水寺へ向かって……有名な〝清水の舞台《ぶたい》〟からの景色にため息をついたりした。

和やかで、楽しい旅行だった。

その途中《とちゅう》途中《どちゅう》で、何度も昨日のことを謝ろうかと思ったけれど……吉田君はとにかく楽しそうに観光をしていたので、水を差すのも悪いと思い……ついには、切り出すことができなかった。

帰りの新幹線のチケットを取り、考え事をする暇《ひま》もなく、二人で乗り込んだ。

列車が動き出すと、いよいよ、旅行が終わってしまうという事実が追いついてくるような感覚があった。

あっという間の、旅行だった。

その時、その時を切り取っていくと、いつもドキドキしていて、時間が長く感じられるような気がしていたのに、こうして過ぎてしまうと……本当に、あっという間。

そして……あれだけドキドキしたというのに、結局、それだけだった。

関係を進めることもできず、あまつさえ、彼を傷付けてしまったのは明白だ。

そんなことをぐるぐると考えていると、悔《くや》しさからか、涙が出てきた。

「えっ……後藤さん……？」

それに気付いた吉田君が、隣《となり》で狼狽《うろた》え始める。

「だ、大丈夫ですか……！」

「ごめんなさい……大丈夫」

私はハンカチを取り出して、涙を拭く。吉田君の前で泣き出すなんて、最悪だ。そんな権利は私にはない。

ちらりと彼の方を見ると、心配そうにこちらを見ていた。

突然《とつぜん》泣き出した女を前にして、面倒《めんどう》くさそうにするでもなく、ただただ、心配している様子だった。

情けなくなる。

「吉田君……ごめんなさい……」

「な、なにがですか」

吉田君の声に緊張《きんちょう》が走《はし》るのが、分かった。それで、理解する。

やっぱり吉田君は、昨日のことを努めて気にしないようにしてくれていたのだ。私がこうして謝ったことで、彼はそれを昨日のことだと理解したようだった。

「私がずるくて、勇気がなくて……あんなふうになってしまって……」

溢《あふ》れてくる涙をハンカチで受け止めながら、私は心からの謝罪を口にした。

せっかくの旅行を台無しにした。だというのに、彼は最後まで『楽しい旅行』で終われるように、気を回してくれていたに違《ちが》いない。

吉田君は、しばらく私のことを見つめたまま黙《だま》っていた。

せわしなく瞳《ひとみ》が動いて……言葉を選んでいるようだった。

そして、すう、と息を吐《は》いて、言った。

「俺こそ、ごめんなさい。その……」

そこまで言って、彼は声を潜《ひそ》める。

「きっと……恥《はじ》をかかせました」

彼は他の乗客に配慮《はいりょ》しているようだった。確かに、新幹線の中で話すにはパーソナルな話すぎた。そんなことにも気が回らないほど、私には余裕《よゆう》がなかった。

「でも、俺……まだ、待てますよ」

吉田君のその言葉に、私は驚いて顔を上げる。

彼は、穏《おだ》やかに微笑《ほほえ》んでいた。

「五年も……いや、もうすぐ六年か。六年も、恋《こい》してたんですから」

吉田君はそう言って、おかしそうに笑う。

「後藤さんが……自分から何か大切なことを言うのが苦手な人だっていうのは……なんとなく、分かってるつもりです。だからこそ、あなたから言ってほしいと言ったんです」

吉田君はそう言ってから、私を見つめた。

「正直、そこを譲《ゆず》る気はありません。お互《たが》いに同じ気持ちだと分かってても、それをきちんと伝えてほしい。それは……俺たちにとって、とても大事なことだと思うから」

「……うん、分かってる」

「でも……いくらでも、待ちます」

吉田君は妙《みょう》にはっきりとそう言った。

そして、横目で、私を見た。その瞳はとても……優しい。

「だから、俺に気を遣わなくていいんですよ」

その言葉に、再び、視界が歪《ゆが》んだ。ぼろぼろと涙《なみだ》が出てくる。

吉田君は困ったように笑う。そして、しみじみと言った。

「楽しかったですね……京都旅行」

私は泣きながら、何度も頷いた。

「うん……うん……すごく、楽しかった……」

「また行きたいですよ」

「……私も……行きたい…………！」

いろいろな想いが、言葉じゃなくて涙になって、目から溢れた。

それから通路を挟《はさ》んで隣の乗客からちらちらと見られてしまうほどに泣きじゃくってしまった私の背を、吉田君はずっと撫《な》でてくれていた。


「それじゃあ、また会社で」

東京駅に着いて、吉田君は片手を上げた。

「お土産、重そうですけど……気を付けて帰ってくださいね」

私が両手に持っている大量の紙袋《かみぶくろ》を見つめて、彼は苦笑した。

会社の皆《みんな》で食べられる量のお土産を買いこんだので、一人で持つにはあまりに多い量だった。とはいえ、吉田君と旅行に出かけたことをおおっぴらにもできないので、彼に半分持って帰ってもらい、明日《あした》持ってきてもらう……というわけにもいかない。

私も苦笑一つ漏らして、吉田君を見つめた。

「本当にありがとう。とても楽しかったわ」

「俺もです」

「あの……また、行きましょうね……」

私がおずおずとそう言うと、吉田君は数秒間きょとんとしてから、フッと微笑んだ。

「ええ、是非《ぜひ》」

「次は！」

私は少し前のめりになりながら、声を上げる。

吉田君は驚いたように目を丸くした。

「次は……ちゃんと、恋人《こいびと》に、なってから……」

どんどんと小さくなる声で、私はそう言っていた。

そんなことまで言うつもりはなかったのに、はずみ、というやつだった。

吉田君は随分《ずいぶん》長いこと、目を丸くしたままだった。口も半開きになっている。

でも、その表情が少しずつ緩《ゆる》んでいって。

「……はい。期待してます」

彼は嬉しそうに笑って、そう答えた。

二人で笑い合って……ほぼ同時に、背を向ける。

ゆっくりと別方向に歩き出して……。

私は、一度、振《ふ》り向《む》いた。

すると、吉田君も同じようにこちらを振り返《かえ》っている。

吉田君は照れたようにぺこぺこと頭を下げながら、軽く手を振ってくれる。

私も振り返して、また歩き出す。

……二日間で、いろいろなことがあった。

でも、吉田君のおかげで、とても楽しい旅行になったように思う。

そして……次こそは。

きちんと、私の口から、彼の望む形で、気持ちを伝える必要がある。逃《に》げずに、まっすぐと、伝えるのだ。

そんな決意を胸に……私は長くも短くも感じられた旅行を終えたのだった。

9話 糾弾

「え〜〜〜、なにいい話みたいな感じになってんの？？？」

私は思わずそう口にしていた。

隣の三島《みしま》ちゃんがギョッとしたような表情で私を見ている。

止めるな、という念を込めてきゅっと目を細めると、三島ちゃんはなんとも言えない表情で私から目を逸《そ》らし、気まずそうにカシスオレンジに口をつけた。

酒が回っていることもあって、私は憤《いきどお》りを抑《おさ》えることができなかった。

「いやもう最悪。超《ちょう》最悪だよ！　後藤《ごとう》さん、最悪すぎ!!」

私が声を荒《あら》らげるのに、三島ちゃんは慌《あわ》てながら「そんなに言わなくても……」と零《こぼ》した。

「誰《だれ》も言わないからこんな最悪人間が爆誕してるんでしょうが!!」

「まあ、そうかもしれませんけど！」

三島ちゃんも若干本音が出つつも、あくまで私をなだめる側に回っている。

急にキレ出した私に困惑《こんわく》している後藤さんを見ているだけでも腹が立つ。何を困惑してやがるんだ。

話を聞いている間も、貧乏《びんぼう》ゆすりが止まらなかった。

終業後、私は後藤さんの首をふん摑《づか》み、三島ちゃんも巻き込んで、いつもの焼き鳥屋にやってきていた。

というのも、土日の間に吉田《よしだ》と京都旅行に出かけハッピーエンドになっているはずの後藤さんが、月曜日に出社してきたと思ったら……メイクでも隠《かく》しきれないほどのクマを目元に作ってきたからだ。それに、どうも「幸せすぎて寝《ね》られませんでした」という表情ではない。

我慢《がまん》できずに、昼休みに「どうだったの？」と訊《き》いてみたら、「なんにも起こらなかった」と言われたもので、あまりに仰天《ぎょうてん》して、こうして仕事終わりに焼き鳥屋に連れてきたわけだ。

三島ちゃんを連れてきたのは、後藤さんを公開処刑《しょけい》にするためだ。三島ちゃんが吉田と二人きりになるのは後押ししたくせに、いざ自分が彼と二人きりになったらなんにもできないというのはどういう了見《りょうけん》なのか。

伏見稲荷《ふしみいなり》あたりの話は、とにかく退屈《たいくつ》だった。じれったくて展開の少ない恋愛漫画《れんあいまんが》を読み聞かせられているような感覚。隣《となり》の三島ちゃんは興味深そうに——同時に、ちょっと悔《くや》しそうに——聞いていた。案外、少女漫画《まんが》とかも読むタチなのかもしれない。

問題は……旅館に着いてからのことだ。

温泉に入り、美味《おい》しいご飯を食べて、日本酒をたくさん飲み、いい感じに酔《よ》って……しかもお姫様抱《ひめさまだ》っこまでされて。

そこまで盛り上がったというのに。

「そ、そのままキスとかしたんですか……？」

三島ちゃんが妙にそわそわとしながら見当違《けんとうちが》いな質問をしていたが、私はなんとなくその後の展開は読めていた。

後藤さんはふるふると首を横に振り、自嘲《じちょう》的な微笑みを浮《う》かべた。

「私、ちゃんと言えなくて。それで、結局吉田君は気分を悪くして、そのまま寝ちゃったの」

後藤さんは「ちゃんと言えなくて」と言ったが、多分、そうではない。失言をしたのだ。あの「好きな人に対しては仏」の吉田の気分を悪くさせるようなことを言ったわけだ。

「なんて言ったの」

若干機嫌《きげん》が悪くなりながら私が訊くと、後藤さんは答えた。

「『吉田君がしたいなら……いいよ?』って」

「うわぁ………ないわ」

「え〜〜?」

舌打ちをする私とは対照的に、三島ちゃんは顔を真っ赤にしながら私と後藤さんを見比べていた。

「めちゃくちゃ露骨《ろこつ》な誘《さそ》い文句じゃないですか! なんでそれでなんにもないんですか?」

三島ちゃんは不思議そうにそう言った。確かに、後藤さんと吉田の〝前提〟を知らない彼女からしたらそう思うのかもしれないが……今までのことをすべて聞いている私からしたら、後藤さんの発言は最悪も最悪だった。

「この期《ご》に及《およ》んで向こうに決めさせようとするのが最悪だって話」

「わ、分かってるわよ……」

後藤さんはしゅんとしてしまう。しかし、私はこのあたりからとにかくムカついていたので、容赦《ようしゃ》しなかった。

「まだ『抱《だ》いて』ってシンプルに言った方がマシ」

「分かってるってば……私が悪いことくらい」

とにかく不思議そうに話を聞いている三島ちゃんと、反省しているようなポーズをしている後藤さん。そして、クソ不機嫌《ふきげん》な私。

「で？　続きは」

私がトントン！　と机を指で叩《たた》くと、後藤さんは気まずそうに話し出す。

結局その後は本当に別々に眠《ねむ》り、後藤さんは泣きながら露天風呂《ろてんぶろ》に入り――そこの語り、要る？――、次の日は吉田がとにかく気を遣《つか》ってくれて、なんだかんだで楽しい旅行になったらしい。

で、帰りの新幹線の中で後藤さんは泣きながら謝り、吉田は『いくらでも待ちますよ』と答え……。

そのまま、お開き。

あまりに、馬鹿馬鹿《ばかばか》しかった。

なんのために旅行に出かけたというのか。

「なんでそのまま帰ってきてるわけ？」

私が不機嫌を丸出しにしながら言うと、後藤さんは「えっ」と声を上げた。

えっ、ではない。と思うけれど、そこで本気の「えっ」が出るような考え方だから、このこのこと帰ってきてしまうのだろうな、とも思う。

「だって……お開きの流れだったし……」

「流れもクソもないでしょうが！」

　私が思わず大声を上げると、隣の三島ちゃんがびくりと肩《かた》を震《ふる》わせて、きょろきょろと店内を見回す。他の客の視線を気にしているのだろうが、この店はどの卓《たく》も大声を上げて騒《さわ》いでいるので、これくらいの音量でそんなに気にされることはない。

「いくらでも待ちます、って言われて？　で、やっぱり吉田君は優しいなぁってなって？　それで終わり？」

「いや、もちろん、次は私からちゃんと、まっすぐ伝えようって思ったけど……」

「次っていつよ！　そうやって保留にするからどんどん言えなくなっていくんでしょうが！」

　私が責めるようにそう言うと、後藤さんはハッと息を深く吸い込んだ。本当に、自分の性質を知っているようで、そういう根本的な部分には気が付いていないのだ、彼女は。

　きちんと伝えられずに終わって、それを悪いと思っているのなら、その場でもう一度伝えるべきだったはずだ。だというのに、彼女は結局、無意識のうちに『保留』を選択《せんたく》している。

「その場で手でもなんでも握《にぎ》って、ちゃんと気持ちを伝えるべきだったんじゃないの？」

「それは……」

「それができないから、そんなしょーもない失敗すんの！　反省した～みたいな顔してるけど、全然反省できてないから！　マジで最悪だから!!」

「神田《かんだ》さん、言いすぎ、言いすぎですって……」

三島ちゃんはついに私の腕《うで》を摑んで左右に揺《ゆ》すった。

確かに……ちょっとヒートアップしすぎたかもしれない。

「……ごめん。でも、ムカついてるし」

「いや、いいのよ……」

後藤さんはかぶりを振って、目を伏《ふ》せた。

「神田さんの言う通りね……。そうやってはっきり言ってくれるまで自分では気付いていなかったんだから、本当に、最悪だわ」

「ま、まあでも、みんながみんな、神田さんみたいに行動できるわけじゃないし……」

場の空気をどうにかせんと、三島ちゃんがもごもごとフォローする。

「でも三島ちゃんはちゃんと吉田に告白したでしょ」

「こっ……！　えっ!?」

「したでしょ」

「いや、まあ……その……」

「キスくらいまではしたわけ？」

「キッ⁉　いや、してないですけど⁉」

したな。

私はスンと鼻を鳴らし、後藤さんに視線を戻《もど》す。

「で、どうすんの」

私が訊くと、後藤さんは「うん……」と小さく頷《うなず》いてから、逡巡《しゅんじゅん》するように視線をテーブルの上に彷徨《さまよ》わせた。

それから、スッと息を吸って。決意したように顔を上げた。

「近いうちに、ちゃんと、伝えるわ」

私は怒鳴《どな》りそうになるのを、すんでのところでこらえた。

三島ちゃんは戦々恐々《せんせんきょうきょう》としながら私と後藤さんの間で視線を行ったり来たりさせている。

深呼吸をして。

「近いうち、って……いつ」

私はそう言った。思ったよりもだいぶ低い声が出てしまい、驚《おどろ》いた。

後藤さんは、ぎくっとしたように背筋を伸《の》ばして、狼狽《うろた》えている。

「次の休日……とか？」

「今日？」

「きょ、今日……？」

「今日じゃないの？」

私が詰《つ》めるように問うと、後藤さんは慌《あわ》てて首を横に振《ふ》った。

「だって、もう今日はこんな時間だし……！」

「まだ寝るような時間じゃないでしょ」

時刻は二十一時。相当疲《つか》れていなければ、大人の男が就寝《しゅうしん》するにはまだ早い時間だ。

それに、寝ていなかったとしても……意中の女性が会いに来れば飛び起きるだろう。

「いや、でも……非常識だし……」

「じゃあ、明日《あした》になったら伝えられるわけ？　自分でちゃんと呼び出して、ムード作って、言えんの？」

「ううん……」

口ごもってしまう後藤さんに焦《じ》れて、私はグラスに残っていたウィスキーを全部飲み干した。喉《のど》がびりびりと痛む。

「どうせどんどん保留しようとするんだから！　今日行くべきでしょ！」

「で、でも……」

「でもじゃない！　ほら立つ！　バッグ持って！」

私は立ち上がり、向かいに座る後藤さんをぐい、と立たせた。椅子《いす》にひっかかっていたバッグを取り上げ、彼女に押し付ける。

私の席の傍《そば》にあったハンガーから後藤さんの上着をはずして、それも押し付けた。

「ほら、行く！　今すぐ行く!!」

「いや、支払《しはら》いが……！」

「そんなんいいから！　払っとくから！　ほらほらほら!!」

私はぐいぐいと彼女を押して、店の扉《とびら》を開け、追い出した。

「吉田ん家の場所知ってるんでしょ！　今から行ってきな!!」

驚愕《きょうがく》の表情を浮かべる後藤さんを睨《にら》みつけながら、ぴしゃりと店の扉を閉める。

ため息が漏《も》れた。

レジに立っていた〝いつもの〟超《ちょう》無愛想な店員が、私をじっと見つめている。

「大丈夫《だいじょうぶ》、大丈夫」

私がそれだけ言うと、彼女は頷きもせず、私からふいと視線を逸《そ》らした。

立ち上がって気付いたが、随分《ずいぶん》と酔《よ》いが回っていたようだった。足元の感覚が心もとない。

少しふらつきながら席に戻ると、三島ちゃんが若干引き気味に私を見つめている。私は後藤さんが座っていた方の席に座り、三島ちゃんと向かい合った。

「…………なにさ」

三島ちゃんが無言でこっちを見てくるので、私は唇《くちびる》を尖《とが》らせる。

「いやぁ……随分、強引だなって」

三島ちゃんはそう言ってから、苦笑を浮《う》かべた。

「というか、いつの間にこんなに仲良くなってたんですか？」

訊《き》かれて、私は失笑した。

「ほんとにね。ムカつくことに、結構気が合うんだよ、あの人と」

「まあ……合いそうですよねぇ」

何気に失礼な感想を漏らしながら、三島ちゃんはカシオレをちび、と飲んだ。

私も店員を呼びつけて、ラフロイグを注文する。

「どうして、そんなに後藤さんのこと応援《おうえん》してるんですか？」

三島ちゃんはそう言ってから、少し言いづらそうに視線を彷徨わせてから。

「付き合ってたんですよね？　吉田センパイと」

　そう訊いた。

「吉田から訊いたの？」

「まあ……はい」

「そっか。うん、高校の頃《ころ》にね～」

「未練とかないんですか？」

　三島ちゃんははっきりとそう訊いてくる。

　女二人で見栄《みえ》を張ってもしょうがない。

「あるよ～」

　私が答えると、三島ちゃんは驚いたように目を丸くする。

「あ、あるんですか……」

「なんだよ、訊いたくせに」

「いや、そうですけど……」

「未練はあるけど、もうあたしと吉田は終わったの。吉田は後藤さんのことが好きなんだから、あたしが何しようが、どうにもなるわけないでしょ」

　私がぶっきらぼうにそう言うと、三島ちゃんは苦笑を漏らし、頷いた。

「それは……ほんとに、そうですね」

「ふふ、身をもって理解してるっていう相槌《あいづち》だ」

「いや、別に…………も～」

三島ちゃんは膨れっ面を作って、私を睨んだ。

「神田さんも、後藤さんも……なんというか、察しすぎで怖《こわ》いですよ」

「年長者の功ってやつだよ」

「年上が全員そうだったら苦労しませんよ」

三島ちゃんのその言葉に、私は声を上げて笑う。言外に「吉田センパイは違《ちが》う」という念が滲《にじ》み出ていたからだ。

私ははぁ、と息を吐《は》いて、言う。

「だからさ～……ムカつくんだよね。お互《たが》いに想《おも》い合ってるくせに、一生同じとこぐるぐる回ってるのを見ると」

「まあ……分かりますよ、それは」

三島ちゃんも神妙《しんみょう》に頷く。

横からヌッと現れた無愛想店員がゴン！　とラフロイグのグラスを置いていったので、私はそのうちの半分くらいをゴクゴクと飲んだ。

三島ちゃんは「おお……」と声を漏らしながらそれを見ている。

「吉田も吉田で、強情だしさぁ。細かいこと気にしないでヤッちゃえば良かったのに。そしたらハッピーエンドだったでしょ」

「ううん……まあ………」

三島ちゃんは若干気まずそうに視線を泳がせる。ウブだなぁ、と、思う。

「一回言ったこと引っ込めらんなくて、意地になってさぁ。はっきり分かるような誘《さそ》い方されてんのに断るとか、めっちゃ恥《はじ》かかせてるじゃんね」

愚痴《ぐち》るように私が言うのに、三島ちゃんは頷かなかった。

おや？　と思い、彼女を見る。

三島ちゃんは、どこか遠くを見るように目を細めながら、言った。

「大事なことだからじゃないですか？」

思わず、息を吞《の》む。

「それが今後の二人にとって、大事なことだと思っているから……そうしたんじゃないですかね」

三島ちゃんは妙《みょう》にはっきりとそう言ってから……我に返ったように慌てだす。

「なぁんて、何を知ったような口を利いてんだ！　って感じですけど、えへへ……」

「いやぁ……」

私は少し恥《は》ずかしい気持ちになりながら、それを隠《かく》すように口角を持ち上げる。

「そうなんだろうね。うん……きっとそうだわ。あたしが大人じゃなかったね」

「い、いやいや……そんな大げさな話じゃないですよ」

「何を大切にするかなんて、人それぞれだし」

私は以前に吉田にかけた言葉のことを思い出す。

『吉田フィルター、全開』というやつ。

その言葉を借りれば、今日の私も、『神田フィルター全開』だったのだろう。

さっさと付き合えばいいのに、という思いばかりが先行して、二人のやりとりの間に発生する『二人だけの心情』について深く考えることをしなかった。

まあ、多少強引に背中を押してやらないとことが進まないのは事実だと思うから、後藤さんをこの場から追い出して吉田のもとに向かわせたこと自体は後悔《こうかい》していないけれど……。

「なぁんか、三島ちゃんも大人になっちゃって、あたしは寂《さび》しいよ」

後輩《こうはい》の前でくどくどと反省している様子を見せるのもなんだかなぁと思い、私は軽口を叩《たた》いてその場を誤魔化《ごまか》す。

「な、なんですかそれ！」

「数か月前は、吉田と追いかけっこしてて面白かったのに」

「もう終わったことです！」

ムキになって大声を出す三島ちゃんが妙に可愛《かわい》らしく見えて、私はけらけらと笑った。

「終わったんだ？」

からかうように言うと、三島ちゃんはうっ、と言葉を詰まらせてから。

「……ええ、終わりましたよ」

と、唇を尖らせながら言った。

まだ、すべてを吹《ふ》っ切《き》ったわけではないだろうに、きちんとそう言葉にできている三島ちゃんが、なんだか愛《いと》おしく思える。

「ま！　男なんて他にもいくらでもいるから！　次行こ、次！」

私が手を叩《たた》いてそう言うと、三島ちゃんはじとっとした目で私を見る。

「高校生の頃の恋愛《れんあい》を引きずってる人に言われたくないです」

「あはは！　それもそうか！」

やっぱりこうしてずばっと物を言う人も好きだなぁと思う。

そして……なんといっても、三島ちゃんはからかうと面白い。

「で？　吉田とはどこまで行ったわけ？　告白して？　キスもして？」

「え、いや！　キスなんてしてないですけど……」

「ふぅん？」

三島ちゃんをじっ……と見つめる。

三島ちゃんは私と視線を合わせたり逸らしたりしてから。

「してないですって!!」

「あはは!!」

本当に、可愛い。

私はその後も三島ちゃんのことをからかって遊んだ。

後藤さんと一緒《いっしょ》に飲む酒とは違う楽しさがあって、思わず飲みすぎてしまう。

そこそこの時間でお開きにして、ふらつく足で家に帰り……。

着替《きが》えもせずにベッドで大の字になる。

「……今頃《いまごろ》どうなってんのかなぁ」

誰《だれ》もいないのをいいことに、大きな声で独り言を言った。

あのまま吉田の家に向かったとすれば、とっくに到着《とうちゃく》して、二人で話している頃だろう。

上手く行っていれば、今頃お互い裸《はだか》かもしれない。そんなことを考えて、一人で笑う。

そう言いながら起き上がって、のそのそと服を脱《ぬ》ぐ。このままだと着替えないまま眠《ねむ》ってしまいそうだったからだ。

下着姿のまま洗面所に向かい、メイクを落とす。足の裏はふわふわして、指先の感覚も鈍《にぶ》かった。飲みすぎた。

しゃこしゃこと歯を磨《みが》き、もう服を着るのも面倒《めんどう》で、下着のまま布団《ふとん》に潜《もぐ》り込む。

地肌《じはだ》に直接、掛《か》け布団《ぶとん》の下に重ねている毛布のふわふわとした感触《かんしょく》が伝わってくる。

「…………」

こうして裸に近い恰好《かっこう》で布団に入ると、もう随分前の思い出だというのに、ベッドの中で吉田と絡《から》み合ったことを思い返してしまうのは、一種の呪《のろ》いのようなものだと思った。

「ん～～～～……」

私はもぞもぞと布団の中で身体《からだ》を丸めた。

「……羨《うらや》ましいなぁ」

そう呟《つぶや》きながら、私はブラのホックをはずし、ショーツも脱いで、ぽいぽい！　とベッドの外に捨てた。

「さっさと付き合ってよ～～！　そしたらあたしも他の男作ってやるからさぁ～～」

「薄汚《うすよご》れてんなぁ」

酔《よ》っていると、思考が全部口に出るようだった。

みっともないねぇ……と自分のことを罵《ののし》りながら、私は布団の中で丸まって、寂しさをとりあえず紛《まぎ》らわせる作業に耽《ふけ》った。

10話 結末

神田《かんだ》さんに焼き鳥屋を追い出されて、私はしばらくその場に立ち尽《つ》くしていた。

頭の中には「どうしよう」という言葉がぐるぐると回り続けている。

今から吉田《よしだ》君の家に行け、と言われて。

こんな時間に家に行っていいのか、とか。せめて明日《あした》にした方がいいんじゃないのか、とか。「常識」に配慮《はいりよ》したことばかり考えてしまう。

でも、神田さんの言う通り、それらの考えはすべて、今自分のやるべきことから逃《に》げるための口実だということも……分かっている。

私は無意識に保留を続けている、と、神田さんは言った。

その通りだと思う。

私は今までそういうふうにしか生きてこられなくて、自分でも嫌《いや》になるそんな醜悪《しゅうあく》な性質を今でも変えることができていない。

欲しいものには手を伸《の》ばすべき。大切にしてくれた人のことは、大切にすべき。

頭では分かっているつもりだった。

でも、そういう、言葉にしてしまえば簡単に思える行動を自分がどうしても取れない理由が……分からなかった。

ずっと突《つ》っ立《た》って考えていても仕方がないので、とぼとぼと歩き出す。焼き鳥屋に戻《もど》ったところで、また追い出されるのがオチだ。あまりに強引だったけれど、彼女が私のためにそうしてくれていることも分かっている。……多少は、自分のため、という部分もあったろうけど。

駅までぐるぐると同じようなことを考えながら歩き、改札をくぐり……いつもとは違《ちが》う方面に向かう電車に乗り込んだ。

吉田君の家の最寄り駅はもちろん覚えている。多分、家への道も覚えていると思う。そこまで複雑なルートではなかったから。

二十一時を過ぎると、電車もそれなりに空《す》いていた。座席につき、反対側の車窓をぼんやりと眺《なが》める。

私は吉田君のことが好きだ。間違いなく、そう思う。そして、彼も今でも私を想ってくれていると……あの旅行で確かめることができた。

だというのに……私は、まだ、躊躇《ちゅうちょ》していた。

今から彼の家に行き、気持ちを伝え……結ばれる。

自分がそれを求めていることが分かっているのに、それでも……その結果に『幸せの絶頂』のようなイメージができないのは、なぜなのだろうか。

旅館での夜のことを思い返す。

私はあの時、確実に、吉田君と『そうなりたい』と思っていた。身体が、彼を求めているのがはっきりと分かった。

それでも、私は彼にはっきりと「好きだ」と言うことを避《さ》けてしまった。

あの時は、それが自分の照れから来るものだと思った。そしてそれを後から振《ふ》り返《かえ》り、自分のやり方の汚《きたな》さに、辟易《へきえき》とした。

でも……本当に、それだけなのだろうか。

そうであるならば、半ば腹を括《くく》っている今でも彼に想いを伝えることに抵抗《ていこう》がある理由が本当に分からない。

結果は見えている。私が勇気をもって好きだと伝えられれば、彼もそれに応えてくれるだろう。いくら私でも、ここまではっきりと結末が分かっているものに弱腰《よわごし》になったりなど……。

そこまで考えて、ハッとした。

結末。

その言葉に、なんだか嫌な引《ひ》っ掛かりを覚えたのだ。

びゅんびゅんと車窓の外で移り変わっていく景色。

視点を窓に張られたシールに固定すると、流れゆく景色はただただ素早く流れてゆくだけだけれど……景色の一つ一つを意識して目を向けると、一瞬《いっしゅん》だけ、それらをはっきり認識することができた。

まるで、時の流れみたいだ、と、思う。

そして、気付いた。

吉田君との長い恋愛《れんあい》。彼の私への好意を、私だけが認識していた長い長い期間。そして、まさに今、互《たが》いの気持ちを理解し、ゆっくりと歩み寄ろうとしている期間。

その二つの中に、〝存在していなかったもの〟が、一つだけ、ある。

小さく、ため息が漏《も》れた。

やっぱり……〝いなくなった〟今でも、私は、彼女のことを心のどこかで、意識していたのかもしれない。

沙優《さゆ》ちゃんだ。

私は……吉田君と男女の関係になることを、一度は、言葉通り『保留』した。

それは、私の在り方の醜悪さから来るもので、彼との心地よい関係性を壊《こわ》してしまうことを恐《おそ》れたからだった。

そして、その選択《せんたく》を後悔《こうかい》した。

なぜなら、彼の生活の中に突然《とつぜん》、『沙優ちゃん』という特殊《とくしゅ》な存在が現れたからだ。

吉田君は、沙優ちゃんと出会い、変わった。

「仕事以外で誰かのためにできることなどない」と語っていたのはまるで嘘《うそ》かのように、彼は沙優ちゃんを救うために奔走《ほんそう》した。本来自分の人生とはまったく関係のないはずの子を、自分の子供のように慈《いつく》しみ、元の環境《かんきょう》に帰してみせた。

吉田君が沙優ちゃんを家に置いていると知った時、私は不安だった。

彼の中の〝保護者〟のような感情が……いつしか、〝愛〟に変わり——その変化は実際に起こっていたかもしれない、とも思う——、さらには〝恋《こい》〟に転化していくのが、怖《こわ》かった。

そして……その変化は、沙優ちゃんの中ではとっくに起こっていたと思う。彼女は最後までそれを口にはしなかったけれど……多分、彼女は吉田君のことが好きだ。

そりゃ、そうだ。私が鈴木《すずき》さんのことをコロッと好きになってしまった——今となっては、あの恋愛感情も、本当にそうであると言えるかは疑問だけれど――のと同じように……ままならぬ現状から逃《のが》してくれた誠実な大人を好きにならない方が難しいんじゃないかと思う。

沙優ちゃんのことを、じっくりと、思い返す。

彼女は、悩《なや》み、苦しんでいた。根本的な悩みから逃げ続けていることを自覚し、かといってそれが解決しないまま帰るわけにもいかず。自分という人間の在り方について、常に悩み続けていた。

そんな彼女を、私は自分の高校生の頃《ころ》と重ね合わせて、大人のような顔をして説教してみたりしたけれど……私だって、気付いていた。

彼女は私とは違う。

悩みに、そして自分に……彼女は向き合い続けていた。きっと、吉田君の支えもあってそうできたのだろうけど、だとしても、彼女はもう、逃げていなかった。

悩みも苦しみもすべて受け止めて、ついには、吉田君と一緒《いっしょ》に、答えを出した。

自分を見つめた結果、すべてを諦《あきら》めてしまった私とは、何もかもが違う。

で、あれば。

彼女は、新たに見つけた自分の恋を、諦めないのではないか？　と、そう思うのだ。

沙優ちゃんは再び、吉田君の前に現れるのではないか？　今度は……前よりもずっと、〝大人〟になって。

私はかつて三島《みしま》さんにかけた言葉を鮮明《せんめい》に思い出す。

『あるべき形を捻《ね》じ曲げても、時間が経てば、元に戻るだけよ』

私はようやく、自分の心情を、はっきりと理解したような気がした。

つまるところ……あの言葉がすべてなのだ。

私は吉田君の気持ちと自分の気持ちが一緒であると理解していても……そして、〝今〟結ばれたとしても……それが、私たちの『結末』であると……信じ切れないのだ。

いつか沙優ちゃんが、もしくはそれ以外の誰《だれ》かが吉田君の前に現れ、彼を変えてしまうのだと。そして、その結果、彼は私のもとを離《はな》れてしまうのだと。

そんな悪い予感を捨て去ることができないから……ずっと、勇気を持てずにいるのだ。

気付けば、次の駅が、吉田君の家の最寄り駅だった。

考え事をしていると、時が経つのはあっという間だ。

彼の家の最寄り駅の名をアナウンスしながら、電車が少しずつ減速していく。

……降りなくても、いいんじゃないのか？

そう思った。

やっぱり、行かない方がいいんじゃないか？

彼は待つと言ってくれた。だったら、彼の前に沙優ちゃんが現れないことを確認してから、告白した方がいいんじゃないのか？

でも、それっていつ？　彼女が戻ってくるのが、高校を卒業してすぐなのか、大学を卒業してからなのか、私には分からない。

そんなのを待っていたら、それこそ本当に、彼の気が変わってしまうかもしれない。

『やっぱり………言ってくれないんですね』

吉田君の寂《さび》しそうな微笑《ほほえ》みが、思い起こされる。

そう……私がいつまでも気持ちを伝えなければ、彼を傷付け続けることになる。

分かっている。

でも……彼が変わるきっかけが、彼自身の新しい恋であるならば、それも良いのではないか？

私は一度手に入れたと思ったものを手放して改めて傷付くこともない。

彼も新しい恋を抱《いだ》いて、幸せに生きていく。

それでいいんじゃないか?
人は変わる。変わっていく。
その変化に怯《おび》えてしまう私は、その流れの中に身を置く資格がない。
電車が停車し、ドアが開いた。
私は立ち上がることができない。
ホームの側で、アナウンスが鳴っている。
『ドアが閉まります。駆《か》け込《こ》み乗車はおやめください』
このまま……ドアが閉まるまで待てば。
私は楽になれる。
また、全部を諦めて……何も変わらないという甘やかな『保留』に、身を委ねて……。
「…………ッ」
気付けば、立ち上がり、走っていた。
閉まりかけるドアをすり抜《ぬ》ける。
ホームに出ると、目の前を歩いていた男性にギョッとした目を向けられた。
「はっ…………はっ……!」
息が切れていた。

走ったからじゃない。恐ろしかったからだ。

人は変わる。そう思った。

変わっていないのは、私だけだ。

そう、皆《みな》、変わったのだ。

吉田君も、沙優ちゃんも、三島さんも……そしてきっと、神田さんも。

人生の中で何かにぶつかり、人と出会い、その中で、何かを得たり、諦めたり……それを繰《く》り返して、少しずつ、変わっていった。

私だけが、そのすべてに背を向けて、逃《に》げ出そうとしている。

変わることを拒絶《きょぜつ》しながら、欲しいものだけ手に入れようとするなど……なんと傲慢《ごうまん》で、愚《おろ》かなことなのだろう。

吉田君は、待つ、と言ってくれたのだ。それは、彼なりに、私を受け入れようとしてくれているという意思の表れなのだ。

私はそんな彼の気持ちを有難がりながらも、またすました顔で静観して……確証を得られればそれを受け取り、そうでなければ黙《だま》って去ろう、なんてことを考えていた。

狡《ずる》くて、臆病《おくびょう》で……大嫌《だいきら》いだ。

変わりたい。

変わるべきだ。

私こそ……変わらないといけないんだ。

私の不安が消えることはない。きっと、沙優ちゃんは戻《もど》ってくる。確信がある。

でも……そうだとしても。

それを確認するまで黙っているなんていうやり方は……今までの私と何も変わりがない。

本当の気持ちも、醜《みにく》い部分も、すべて打ち明けて、その上で、私は彼と……そして、現実と向き合うべきだと思った。

身体《からだ》が震《ふる》えた。

怖い。そう感じる。

でも……もう逃げたくない。

そう、強く思った。

11話

結実

二十二時を回ろうかという時刻に突然インターホンが鳴り、思わず身体がびくりと跳《は》ねた。

ネットサーフィン中だったので、ノートPCを静かに閉じた。

こんな時間にインターホンが鳴るのは、何かの間違《まちが》いか、何回も鳴るようならおそらくあさみだ。

数秒間黙って待っていると、もう一度鳴った。

ため息一つ、ベッドから身体を起こす。

また親が喧嘩《けんか》でもしているのだろうか。そういうことなら仕方ないが、連絡《れんらく》先も交換《こうかん》しているんだから、先にメッセージを送ってほしいものだ。

「はいはい！」

大きな声で返事をしながら、玄関《げんかん》に置かれたサンダルに足をつっかける。

「あのな、前もって連絡くらい――」

完全に決め打ちであさみにかける言葉を言いながらドアを開けたので、そこに立っていた人物を見て言葉に詰《つ》まった。

「あっ……えっ……？」

「こ……こんばんは。ごめんね？　こんな時間に、突然《とつぜん》……」

ドアの前にいたのは、後藤《ごとう》さんだった。

スーツを着ているので、会社からそのまま来たのだろうか……いや、それにしては遅《おそ》い時間だし……。

混乱して、俺は口をぱくぱくと開けたり閉じたりすることしかできない。

後藤さんも俺の反応を見て、落ち着きなく身じろぎをしていた。

「あっ……そのっ……とりあえず入ってください。外、寒いですし」

「あ、ありがとう……お邪魔《じゃま》します」

なんともギクシャクしながら、後藤さんを玄関に迎《むか》え入れ、ドアを閉める。

「散らかってますけど……」

「気にしないで。突然来てごめんなさい」

俺はサンダルを素早く脱《ぬ》ぎ捨《す》て、一足早く居室に戻った。

机の上に雑多に置かれていたものを手に取って、部屋の端《はし》に寄せる。

後藤さんはどこか緊張《きんちょう》した様子で靴《くつ》を脱いでいた。

心臓がバクバクと音を立てているのが分かった。

こんな時間に、突然やってきて、どうしたのか……と、思うが。尋常《じんじょう》な事じゃないのは深く考えなくても分かる。

一昨日《おととい》、旅館で彼女と結局何もせずに終わり、昨日、俺は「いつまでも待つ」と伝えたはずだった。

昨日の今日で、その話をしに来るとは考えづらい。

でも……逆に、そういう話以外でわざわざ彼女が俺の家にやってくる理由も、見当がつかない。

あれこれ考えながらとりあえず机の上だけ綺麗《きれい》にして振《ふ》り返《かえ》ると、後藤さんがこちらを見つめながら廊下《ろうか》に立っている。

「あっ！　どうぞどうぞ……お茶とか飲みます？」

「ふふ、おかまいなく」

後藤さんは依然《いぜん》として緊張した様子だったが、ようやく薄《うす》く微笑んでくれた。

後藤さんがテーブルの前に座るのを見届けて、俺は食器棚《だな》からコップを取り出し、そこに冷蔵庫の中に入っていた麦茶を注いだ。こんなものしかなくて恥《は》ずかしい限りだが……かといって、何も出さないのも失礼だろう。

一応自分の分もお茶を用意して……俺は後藤さんの向かい側に座った。

テーブルにお茶を置いて。

「それで……えっと……どうしました？」

俺が訊《き》くと、彼女はいよいよその顔の全面に緊張感を滲《にじ》ませた。つられて、こっちも緊張してしまう。

後藤さんは意を決したように俺の目をじっと見つめて、言った。

「改めて……一昨日のことを謝ろうと思って」

そう言われて、俺はきょとんとしてしまう。

なんだ、そんなことか……と、思ったのだ。

「ああ、いや……別に……」

「傷付けてしまって、ごめんなさい」

「えっ……そんな……」

後藤さんは丁寧《ていねい》に、頭を下げた、彼女の艶《つや》やかな横髪《よこがみ》が垂れる。

突然、上司で、年上で、しかも憧《あこが》れの女性に頭を下げられて、俺は狼狽《ろうばい》した。

「あ、頭を上げてください！　そんなに気にしてないですから！」

気にしていない……というのは、嘘《うそ》だ。

正直、あの夜のことは、心に堪《こた》えるものがあった。

あれだけ好意を押し出されて、期待していたというのに、結局言葉にはしてくれず……しかも、俺も俺で、意地を張って、最大のチャンスを逃《のが》してしまった。

昨日の夜なんかは、「あのまま抱いてたら今頃《いまごろ》付き合ってたのかなぁ」なんて、悶々《もんもん》と思《おも》い悩《なや》んだものだった。

でも……後悔《こうかい》はしていない。

やっぱり、後藤さんの方から気持ちを伝えてもらうことが、俺と彼女の今後にとって、大事なことだと思っていた。

憧れているだけでは、いけないのだ。

だからそういう意味では……「気にはしているけど、怒《おこ》ってはいない」というのが正しいのかもしれない。

がっかりした気持ちはあるが……俺だって、自分の意地を優先して、彼女に恥《はじ》をかかせたことには変わりがない。怒る権利など、ありはしない。

お互《たが》い様《さま》だった。

後藤さんはゆっくりと頭を上げて、切なそうに微笑《ほほえ》む。

「吉田《よしだ》君はそう言ってくれるわよね、優しいから。でも、私は反省した」

「……」

どう返したものか分からず、俺は沈黙《ちんもく》してしまう。

そんな俺を数秒間、彼女はじっと見つめたままで。

それから、おもむろに言った。

「今日は……私の気持ちを伝えに来ました」

後藤さんの言葉に、俺の心臓が跳ねる。胸が痛むほどだった。

「え……っと……」

緊張して口ごもってしまう俺とは対照的に、後藤さんは緊張した様子を見せつつも、どこか落ち着いていた。

「そっち……行ってもいい？」

「えっ……その……隣《となり》……ってことですか？」

俺がどぎまぎしながら訊くと、後藤さんは頷《うなず》く。

そして、俺が返事をする前に立ち上がって、俺の横に座り直した。

いよいよ、鼓動《こどう》が速くなるのを止められない。

ちらりと後藤さんの横顔を盗《ぬす》み見《み》ると、彼女も、自分でそうしたくせに、どうしていいのか分からなくなっているようだった。頬《ほお》が赤く、呼吸もなんだか速く見える。

しばらく無言で並んで座っていると、俺の右手に、するりと彼女の左手が重ねられた。

そしてそのまま、ぎゅっと握《にぎ》られる。

驚《おどろ》いて後藤さんの方を見るが、彼女は目を伏《ふ》せて、深呼吸をしていた。

「ああ……」

隣で、後藤さんが震えた声を漏《も》らした。

彼女の視線が持ち上がり、俺のそれと絡《から》む。

「ここまでしても、やっぱり……言葉にするのが怖《こわ》いのね、私」

後藤さんはそう言って、ぎこちなく笑った。

「だから……ちょっとだけズルさせてね」

「え？」

俺が間抜《まぬ》けな声を上げるのと同時に、後藤さんの顔が俺に急接近した。

何が起こっているのか分からないうちに。

俺の唇《くちびる》と、後藤さんのそれが重なっていた。

彼女の唇はとにかく柔《やわ》らかくて、リップを塗《ぬ》っているからか、表面が滑《なめ》らかだった。そして、少しだけ……酒の匂《にお》いがする。

そうか、酒を飲んでから来たから、この時間なのか……なんて、場違《ばちが》いにも程があることを考えていた。

数秒か、もしくは数十秒か。

俺と後藤さんは唇を重ねたまま、動かなかった。というより、動けなかった。

心臓の音だけが聞こえている。鼓動というのはこんなにも速くなるものなのか、と、思った。

ようやく後藤さんが俺から唇を離《はな》すと、彼女の顔が目の前にあった。

至近距離《きょり》で目が合い……彼女は、小さな、小さな声で言った。

「吉田君のことが……好き、です……」

その瞬間《しゅんかん》、身体中がカッと熱くなったような感覚があった。

ああ、やっとだ。頭の中は、その感情だけだった。

俺は何か具体的な思いや言葉が胸中に浮《う》かぶよりも先に、身体《からだ》を動かしていた。

「んっ……！」

今度は、こちらから、後藤さんに唇を重ねる。

さっきの突然のキスよりも、ずっと官能的だった。彼女の唇の感触《かんしょく》のすべてを、感じ取っているような気がした。

顔を離し、俺も後藤さんの目を見つめて、言った。

「俺も、後藤さんのことが、好きです。ずっと……好きでした」

俺がそう言うと、後藤さんは何度もまばたきをしながら、さらに顔を真っ赤にさせた。

そして、ため息をつくように、言う。

「うん、知ってたわ……」

それから、いつものような余裕《よゆう》のある笑みではなく……なんとも下手くそな笑顔を作った。

「遅《おそ》くなって、ごめんなさい」

その言葉で、ようやく……突然《とつぜん》起こった出来事に、俺の心が追いついてくるような感覚があった。

そうだ。ようやく、彼女から告白してもらったのだ。

で、あれば。

「じゃあ、後藤さん……俺と、付き合っ……」

「ま、待って」

俺の言葉を、後藤さんが遮《さえぎ》る。面食らって、「え……」と声を漏らしてしまった。

後藤さんは俺の表情の変化を見て、慌《あわ》てたように手を横に振った。

「あ、違《ちが》うの！　その……私も、そうなりたいと思ってる。でも……その前に、聞いてほしいの」

「な、なんでしょう……」

正直「まだ焦《じ》らすのか」という気持ちがないでもなかったが……後藤さんの表情は真剣《しんけん》だった。彼女にとって大切なことだというのなら、こちらも真剣に聞く以外にない。

俺は身体ごと後藤さんの方へ向けて、彼女の話を聞く体勢を作った。

後藤さんは「ありがと……」と呟《つぶや》いてから。

「……ずっと、吉田君のこと見てたわ。入社したときから、ずっと」

昔のことを思い出すように、後藤さんは目を細めながら、そう語り出す。

「真面目《まじめ》で、よく働いてくれて……会社にとって、あなたは本当にありがたい存在だったわ。でも同時に、あなたは他よりも働きすぎで……幹部は皆《みんな》心配してた。私も含《ふく》めて」

「そ、そうだったんですか……？」

「そうよ。何度も言ったじゃない、働きすぎよ、って。でもあなたは『大丈夫《だいじょうぶ》』の一点張りで……だから、食事に誘《さそ》って、強引に連れ出すしかなかった」

言われて、冷《ひ》や汗《あせ》をかいた。

「……そういうことだったんですね」

長年の疑問が解けて、しかもそれが自分の想像していたそれとはまったく違って、俺は恥ずかしい気持ちになった。

後藤さんが他の社員を個人的に食事に誘っているところなど、見たことがなかったものだから。

俺は、後藤さんが俺に特別な何かを見出《みいだ》してそうしてくれているんじゃないかと、期待していた。

憧れの女性からそんな扱《あつか》いを受けて……憧れは期待に変わり、期待は恋《こい》に変わった。

しかし現実は違ったというわけだ。俺が働きすぎだったから、それを中断させるために食事に連れ出してくれていただけだったというのだ。

「ふふ、そんな顔しないで。確かに最初はそれだけの理由だったわ。でも……そうやってあなたのことを食事に誘ううちに、私も、あなたのことを好きになった。自然に気を遣《つか》ってくれるところとか、私に理想を押し付けないところとか……そういう、あなたの素敵なところに、たくさん、気が付いたの」

そうして、後藤さんは少しずつ、この六年弱の話をしてくれた。

それも……会社に入るよりずっと前の、彼女自身の過去話も交えながら。

自主性のない高校生活を送り、その途中《とちゅう》で仲良くなった岸田《きしだ》というクラスメイトと自分の差に悩んだこと。そして驚くべきことに、彼女も高校の頃《ころ》に一度家出をしていたということ。家出をしても何も成長することができなかった自分に呆《あき》れて、その頃から自分に何も期待しなくなったこと。大学で恋人ができたこと。恋人ができたというのに、しいことはほとんどしないまま……結局、別れたこと。大学時代の友人と、会社を立ち上げたこと。


そしてそれらのすべてを経た後に……俺と出会ったこと。

「あなたに惹《ひ》かれながらも……私は、私の在り方を変えることができなかった。いつだって受け身で、何かを得ようとする気持ちよりも、何かを失うことを恐《おそ》れる気持ちの方が強かった。だから……吉田君の告白を受け入れられなかった」

後藤さんは後悔するように、そう言った。

「怖かったの。せっかく積み上げてきた、あなたとの関係性が、崩《くず》れてしまうことが」

後藤さんの話を黙《だま》って聞いていた俺だったが……そこでついに、言葉を返す。

「いや、崩れるって……。だって、俺は後藤さんのことを好きで。で、後藤さんも俺のことを好きだったんですよね？　それで付き合うことになったとして、一体何が崩れるっていうんですか？」

胸中に浮かんだ素朴《そぼく》な疑問をぶつけると、後藤さんは神妙《しんみよう》に頷いて、答える。

「安心したかったの。私は自分に自信がなかった……いや、今でも、ない……から、もしあのまま付き合ったとしても……いつかは別れることになってたんじゃないかって、そう思った。だから、一度拒絶《きよぜつ》しても、それでもあなたが私のことを好きでいてくれるか、試そうとした。……本当に、最悪な選択《せんたく》だったわ。ごめんなさい」

「いや、うーんと……」

頭を下げられても、なんと返事をしたらいいか分からない。「謝ることじゃない」と言うのも、なんだかおかしいような気がしたし、今更《いまさら》責める気にもならない。

「でも……でもね」

後藤さんの視線が細かく動く。必死に、言葉を探すような表情だった。

「あの時……あなたと付き合わなかったのは、間違《まち が》いじゃなかったって、その後に思った。

……今でも、思ってる」

「…………え？」

後藤さんの言葉に、俺は唖然《あぜん》とした。

ついさっき、キスをされて、告白までされたというのに。

今になってそんなことを言われても、困惑《こんわく》するばかりだ。「今でも思っている」という言葉に、胸がちくりと痛む。

じゃあ、さっきの告白は？

あの時は断り、今度は、まっすぐ告白をしてくれた。あの時と、今で、何が変わったというのだろうか。

俺は彼女の言葉の続きを待った。

後藤さんは視線を上げ、俺をじっと見た。

そして……おもむろに、言った。

「あなたは、沙優《さゆ》ちゃんと出会ったから」

「…………沙優？」

彼女の口から思わぬ名前が飛び出して、俺は面食らってしまう。

どうして、このタイミングでその名前が出てくるのだろうか。

「沙優ちゃんに出会って、あなたは変わった。仕事一筋で残業続きだったのに、毎日なるべく定時で帰るようになって……」

「いや、それは……」

「純粋《じゅんすい》に沙優ちゃんを助けるためでしょ？　分かってる。吉田君の沙優ちゃんに対する行動を、恋愛《れんあい》と紐《ひも》づけて語る気はないわ」

「だったら、どうして」

どうして、とまで出て、そのまま宙ぶらりんになった俺の言葉。

後藤さんは薄《うす》く微笑《ほほえ》んで、首をゆっくりと横に振《ふ》る。

そして、はっきりとした口調で言った。

「あなたは、生き方に迷っていた一人の女の子を、助けたのよ。あなたは保護者のような気持ちでいたかもしれないけど……女の子の方は、どうかしらね？」

まっすぐに問われて、俺は思い切り動揺《どうよう》してしまった。

そうだ。沙優は……別れ際、空港で、俺のことを好きだと言った。それは、恋愛感情を含んだ言葉だと、分かっていた。

俺の視線が泳いだのを見て、後藤さんはスッと鼻を鳴らす。

「……あの子、ちゃんと伝えてたのね」

「いや、まあ………はい」

「なんて答えたの？」

「……ガキには興味ない、って」

俺がそう言うと、後藤さんはくすりと笑ってから、言う。

「そしたら、きっと彼女は思うんじゃない？　『オトナになったら、チャンスあるかも』って」

彼女の言葉に、思わず目を丸くしてしまう。

あの時沙優が言った言葉と、かなり近いものがあったからだ。

「それも、言われたんだ？」

後藤さんが首を傾《かし》げる。俺は何も答えなかったが、もはやそれは肯定《こうてい》と同義だ。

切なげに微笑んで、後藤さんは頷《うなず》く。

「だったら……きっと、沙優ちゃんはまた吉田君に会いに来るよ」

「……一時の感情ですよ。あいつは同年代から見たらきっと大人っぽくて、魅力《みりょく》的に見えると思うし……もっと身近な恋愛を見つけるはずです」

俺がそう言うと、隣《となり》の後藤さんからの言葉がなかった。

不思議に思って横を見ると、後藤さんは非難めいた視線を俺に送っていた。

「な、なんですか……」

「だって、おかしなこと言ってるから」

「ええ……？」

俺は本気で、そう言っているのだ。

俺から見たら沙優はまだまだ子供で、恋愛対象として見ることはできないが、時折見せる表情に、大人びた雰囲気《ふんいき》を感じ取ることはあった。同年代の男子から見たらそれはきっとドキッとするもので……行動力のある子からは、告白されたりすることもあるだろう。

大学に通えば、新しい人付き合いがあるだろうし、俺なんかよりもっといい男と出会って、新しく恋愛することだってできるはずだ。

しかし、後藤さんは首を横に振る。

「なんで、そんなふうに言い切るわけ？」

「いや、そりゃ……俺は半年も一緒《いっしょ》に過ごしちゃったから……あいつの近くに長くいすぎたというか、そういうアレで、恋愛だと勘違《かんちが》いしてるだけだと思うんですよ」

「だったとしたら、何？」

「だから……もっと身近なところで、同年代の男子と出会って、一緒に過ごしてたら、新しい恋愛が始まったりするんじゃないかって……」

「沙優ちゃんの心の中には、すでに吉田君がいるのに？」

後藤さんがそう言うのに、俺は一瞬《いっしゅん》返す言葉を失った。

「いや、それだって……時間が経《た》って……環境《かんきょう》も変われば……」

「吉田君は、沙優ちゃんと会っても、三島《みしま》さんと会っても、私への想《おも》いは変わらなかったんでしょ？　なんで沙優ちゃんはそうじゃないって決めつけるの？」

「…………」

完全に、返す言葉がなくなってしまった。

確かに……俺は、後藤さんのことを六年弱も想い続けていたわけで。

そこに理由なんてなかった。

彼女の思わせぶりな態度や、すべてをこちらに委ねようとしてくるところにイラついたりもしたというのに……それでも、好きだった。

一度好きになった人のことを心から嫌《きら》いになるのは、俺にとっては、難しいことだった。

「沙優ちゃんは、私とは違う。吉田君が彼女のことを立ち直らせたのは間違いないけれど……だとしても、彼女は最終的に、自分で戻《もど》ることを決めた。高校生の女の子が、一度逃《に》げ出した環境を受け入れて、現実と向き合ったのよ。そんなこと……オトナにだって、できるかどうかわからない。私には……きっと、できない」

後藤さんはそこまで言って、俺の目を見つめた。

「沙優ちゃんは、心が強い子よ。一度決めたら、踏《ふ》ん張《ば》ることができる」

「そんなの、俺だって、分かってますよ…………」

知っている。ずっと隣で見てきた。

沙優は……巡《めぐ》り合わせが悪かっただけなのだ。彼女を都合よく利用しようとする大人とばかり出会ってしまったから、泥沼《どろぬま》にはまっていっただけだ。

自分一人ではどうにもできない問題から逃げ出して……向き合い方が分からないまま、出会う大人たち皆《みな》に傷付けられて……逃げ続けることしかできなかった。

でも、ひとたび覚悟《かくご》を決めれば、勇気を振り絞《しぼ》って、現実を見つめることができる子だった。

沙優がそういう人間だと知っているのに……こと恋愛においてだけ、その心の強さについて深く考えなかったのは……きっと、俺の願望がそこに強く籠《こも》っていたからだろう。

沙優には……健全に、大人になってほしかった。

等身大の恋愛をして、当たり前の幸せを摑《つか》んでほしかった。

せっかく元の生活に戻り、今までよりも良くなっていけるのだから……俺のような人間に、引き摺《ず》られないでほしいと思っていた。

「吉田君は……どうなの？」

後藤さんが訊《き》いた。

彼女の言わんとしていることは分かった。でも。

「だから、俺は……沙優のことは」

恋愛対象として見てなんかいない、と。

そう言おうとするのを、後藤さんは首を振りながら遮《さえぎ》って……。

「沙優ちゃんと、もう一度、会いたくないの？」

と、言った。

俺の頭は、真っ白になる。

「え………」

小さく声を漏《も》らして、言葉に詰《つ》まってしまう俺を、後藤さんは真剣《しんけん》な表情で見つめている。

「どうなの？」

ダメ押しのように訊かれて、俺は。

「……そりゃ………そんなの」

素直な気持ちを、吐露《とろ》する他になかった。

「会いたいに……決まってますよ」

俺がそう答えるのを聞いて、後藤さんは穏《おだ》やかに微笑《ほほえ》んだ。

「そうよね。そうに決まってる」

「……はい。あいつが大人になったところを……見てみたい。そうなってくれることが、俺の望みだったから」

母親とすれ違い、親友を亡くし、耐《た》え切れず逃げ出して……その先で、大事な何かをすり減らしていった沙優。

少しずつ何かがずれてしまったせいで彼女が失った〝普通《ふつう》の生活〟を、与《あた》えてやりたかった。それが当たり前であると感じられる人生にしてほしかった。

だから……ちゃんと、大人になった彼女を見て……安心したかった。

でも、沙優とまた会うことはないと決めつけていた。

その方が自然だと、そう思い込んでいた。

でもそのすべてが俺の思い違いなんだとしたら…………もう一度、会いたい。

もう一度会って、俺と離《はな》れた後どんな生活をして、どんなふうに成長していったのか、その話を聞きたかった。

後藤さんの手が、俺の手に重なる。

「成長した沙優ちゃんは……とっても、魅力的かもしれないよ？」

その言葉は、ざらりと俺の心臓を毛羽立たせるようだった。

思わず声を荒《あら》らげてしまう。

「俺は、あくまで！　あいつがちゃんと大人になったことを見届けたいだけで！」

「でも、想像がつく？　また沙優ちゃんと再会して、記憶《きおく》の中の彼女よりもずっと大人びた姿を見た時のことを。そんな素敵な子が、あなたにもう一度迫《せま》って、愛してほしいって囁《ささや》いてきたときのことを」

「そ、そんなの………」

言われた通りに想像してみようとしても。

頭《あたま》に浮《う》かぶのは「にへら」と笑う彼女のことばかりで。

「分かんないですよ………」

俺は胸の奥から大きな塊《かたまり》を無理やり吐《は》き出すように、そう言った。

「でしょう？　だからね……」

後藤さんは、俺の目を覗《のぞ》き込むように首を傾げた。

彼女は優しく微笑んでいる。けれど……その目には、なんだか、強い意志が宿っているような気がした。

「吉田君には……ちゃんと、考えてほしいの。考えた上で……選んでほしいの」

「選ぶ……？」

「そう。このまま私と付き合うか……それとも、沙優ちゃんと――」

「ちょっと待ってください!!」

やっぱり、話が飛躍《ひやく》していると思った。

今目の前にいるのは後藤さんなのだ。

沙優ともう一度会いたいのは本当だ。でも、だからと言って、再会してすぐに俺が彼女に惚《ほ》れるなんてことまで想定し始めたらキリがない。

「俺は、後藤さんのことが好きなんですよ！　あなたと付き合い始めた後に、他の誰《だれ》かに気が移るなんて、あり得ない！　それがたとえ、誰であっても！」

俺が大きな声でそう言うのを、後藤さんはなんとも言えぬ表情で見つめていた。

「そんなに信じられないですか？　俺のことが！」

俺がそう言うのに、後藤さんはかぶりを振《ふ》った。

「ううん……そう思わせちゃったなら、ごめんなさい。そうじゃないの」

後藤さんはそう言って、切なげに目を伏《ふ》せる。

「吉田君のことは、信じてる。あれだけひどいことをしても、まだ私のことを好きでいてくれる人を……信じないわけない」

「じゃあ、どうして……！」

「私はね」

俺の言葉を遮り、後藤さんは静かな、しかしはっきりと通る声で、言った。

「やっぱり…………あるがままが、いいの」

「あるがまま？」

「そう。吉田君は……今、私と付き合い始めたら、それから、ずっと……私のことだけを愛してくれると思う」

「もちろんです」

「ふふ、だよね。……だからこそ、私は、あなたのそういうところに、つけ込みたくない」

後藤さんはそう言いながら、俺の肩《かた》に頭を預けた。

「どれだけ吉田君への想いが膨《ふく》らんでいっても……吉田君からの、私への想いを感じても。ずっと、違和感《いわかん》があったの。最初は、私が臆病《おくびょう》で、どうしても自分から動けないからそう感じちゃうんだって、思ってた。でもね、多分、そうじゃないんだって、気付いた」

肩と頭が触れていると、彼女が喋《しゃべ》るたびに、身体《からだ》を伝ってその言葉が響《ひび》いてくるようだった。

「私は……吉田君に、たった一人の……それ以外にあり得ない人として、愛してほしい」

たった一人の、それ以外にあり得ない人。

俺にとって、後藤さんはそういう人だと思えた。

そう言いたかったが……なんとなく、今それを俺が言うことに後藤さんは価値を置かないだろうということも、分かっている気がした。

「我儘《わがまま》だと思う。でも、それが私の望んでいることなの。もし沙優ちゃんが吉田君に会いに来るなら、前よりずっと大人になった彼女を見て、もう一度吉田君にとって彼女が何なのか、問い直してほしい。沙優ちゃん以外にも、あなたの前に素敵な女性が現れるなら、そのすべてと、私を比べてほしい」

後藤さんは、静かにそう語った。

その声を聞いているだけで、彼女の中でその言葉がどれだけ大事で、揺《ゆ》るぎのないものなのか、俺にも分かった。

「その後で……それでも吉田君が……私以外にないんだって、心から思ってくれるんだったら……」

後藤さんはそう言って、俺の肩からゆっくりと頭を持ち上げて、その瞳《ひとみ》を俺に向けた。

俺の両の目を見るように、彼女の瞳が揺れている。潤《うる》んだそれらは、切実な光をたたえていた。

「その時は……私も、吉田君と一緒《いっしょ》になるって、誓《ちか》うから」

震《ふる》えながらも、力強い声で、後藤さんはそう言った。

俺はしばらく……彼女の目を見つめたままで、黙《だま》っていた。

正直……彼女の気持ちのすべてを理解しているかといえば、否だ。

自分勝手な物言いを許されるのであれば……お互《たが》いに好き合っているのだから、今すぐ付き合えばいいじゃないか、と……そう言ってしまいたい。

でも。

ようやく……後藤さんは、彼女の心の内を、すべて明かしてくれたのだ。

まずはそのこと自体を、大切にすべきだと思った。

互いの想いを伝え、摺《す》り合わせ、歩み寄る。

その繰《く》り返《かえ》しでしか、人は関係を築いていくことはできない。

「……つまり」

俺はわざとらしい苦笑いを浮かべてみせる。

「俺はまだまだ、待たないといけないってわけですね？」

俺がそう言うと、後藤さんは一瞬《いっしゅん》目を丸くしてから、ぷっ、と噴《ふ》き出した。

「あはっ…………！　うん……そういうことに、なっちゃうかも……」

「ははは！　もう…………本当に、ひどい人ですよ」

「ごめんなさい」

「もういいですよ、待つのは慣れてます」

俺は笑いながらそう答え、それから……目を細める。

「しかし……沙優は本当に会いに来るか分からないし、来るにしても、いつになるかも分からないし……一体いつまで待てばいいんでしょうね」

俺がそう零《こぼ》すのに、後藤さんは「あら」と小さく声を漏らした。

「私はもう、想像ついてるわよ」

「え？」

あっけらかんと後藤さんがそんなことを言うので、俺は素《す》っ頓狂《とんきょう》な声を上げてしまう。

後藤さんは横目で俺を見て、ニッと笑った。

「もう、今年の春には会いに来るでしょ」

「ええ……？　早すぎませんか。というか、なんで」

「だって、来月にはもう高校卒業でしょう」

言われて、俺は「ああ……」と声を漏らす。

そういえば、もうそんな時期なのか。

ない。

吉田君は、根本的に『自分が好かれている』という感覚が欠落しているだけなのだと思う。逆に、色恋沙汰《いろこいざた》以外のことについては、いろいろなことに気が付くし、気を回せるタイプなのだ。

そんな彼と、すべてを打ち明けた上で一緒にいるのは、とても楽しかった。

関係性について悩《なや》むことなくコミュニケーションをとるのはとても気軽で、ただただ彼との会話を楽しめば良いだけだったから。

じれったいながらに甘やかな二か月を過ごし……ついに、春が来た。

街には桜の花びらが舞《ま》っている。

暖かく、天気の良い日が続く毎日の中で。

私は妙《みょう》に穏《おだ》やかな気持ちで……その時を待っている。

＊

四月二週目の土曜日。

みるみる気温が上がっていくので、新しい春物の服が欲しくなってきていた。

珍《めずら》しくすっきり起きれたこともあり、午前中からのんびりと身支度を整えて、街に服を買いに出ることに決めた。

服屋に出向く時に少し難儀《なんぎ》だな……と思うのは。

服を買いに行くためにに、それなりの服を着る必要があることだ。

ある程度大人っぽく見えて、かといって気合いが入りすぎていないような服を……と、絶妙《ぜつみょう》な服装を選ぶ作業がなんとも面倒《めんどう》くさい。

うんうんと唸《うな》りながら服を決め、化粧《けしょう》をし……ようやくすべての準備が整った頃には、昼前だった。

服を買って、ついでに昼食も外で食べてしまおう、なんてことを考えながら、家を出る。

玄関《げんかん》の鍵《かぎ》を閉めて、エレベーターのボタンを押す。

今日も見事な晴れ空で、マンションの横の小さな公園では子供たちが走り回っていた。

良い休日だな……と、しみじみ思いながらエレベーターに乗り込む。

あっという間にエントランスに着き、自動ドアをくぐって……。

休日にしっかり外に出ているというささやかな充足感《じゅうそく》を覚えながら数歩あるくと。

マンションの傍《そば》にある街頭横に、若い女性が立っているのが見えた。

いつもならそのあたりに立っている人のことなどまったく気にならないはずなのに……私の視線は、その女性に吸い込まれていた。

白い薄手《うすで》のロングワンピースの上に、ブラウンのカーディガンを羽織った、シンプルな服装。でもどことなく上品さがある。

はっ……と、息を呑《の》んだ。

スマートフォンの画面に目を落としていた彼女だったが、私の視線に気が付いたのか、顔を上げる。

そして、その表情がパッと華《はな》やいだ。

「後藤《ごとう》さん！」

そう言って手を振《ふ》る彼女は、やっぱり……記憶《きおく》の中にあるそれとは、違《ちが》っていた。

柔《やわ》らかな雰囲気の中に、一滴《ひとしずく》の大人っぽい魅力《みりょく》がある。

そして……なんとも力の抜《ぬ》ける、可愛《かわい》らしい笑顔。

ついこの前まで、女子高生だったのになぁ。

そんなことを思いながらも……私も自然と、顔を綻《ほころ》ばせてしまった。

手を振りながら早足で近寄り……ぎゅっ、と抱擁《ほうよう》をする。

彼女は少し驚いたようだったが、すぐに私の背中に手を回してくれた。

「……お久しぶりです」

顔を見なくても分かるくらいに、嬉《うれ》しそうな色を滲《にじ》ませて、彼女はそう呟《つぶや》いた。

私も頷《うなず》きながら、彼女の背を撫《な》でる。

「ええ……本当に」

ゆっくりと身体《からだ》を離して。

私は目の前の、〝少しだけ大人になった〟女の子を見つめた。

「綺麗《きれい》になったわね……沙優《さゆ》ちゃん」

私がそう言うと、沙優ちゃんは照《て》れくさそうに「えへへ」と笑った。

果たして、沙優ちゃんは、来た。

思った通り……彼女の〝気持ち〟と向き合いに、やってきたのだ。

私と吉田君の〝恋《こい》〟には……もう結論がついている。

だから、あとは……。

吉田君と、沙優ちゃんの行く末を見届けて。

そして……私と、吉田君の、〝これから〟についての答えを探すのだ。

ようやく始まった、と、思った。

私は生まれて初めて……心の底から、誰《だれ》かとの関係性の中に〝答え〟を求めていた。

ひげを剃《そ》る。そして女子高生《じょしこうせい》を拾《ひろ》う。Another《アナザー》 side《サイド》 story《ストーリー》 後藤愛依梨《ごとうあいり》 上

著　しめさば

角川スニーカー文庫　23165

2022年５月１日　初版発行

発行者　青柳昌行

発　行　株式会社KADOKAWA
〒102-8177 東京都千代田区富士見2-13-3
電話　0570-002-301（ナビダイヤル）

印刷所　株式会社暁印刷
製本所　本間製本株式会社

●お問い合わせ
https://www.kadokawa.co.jp/（「お問い合わせ」へお進みください）
※内容によっては、お答えできない場合があります。
※サポートは日本国内のみとさせていただきます。
※Japanese text only

Printed in Japan　ISBN 978-4-04-111764-4　C0193

★ご意見、ご感想をお送りください★
〒102-8177 東京都千代田区富士見 2-13-3
株式会社KADOKAWA　角川スニーカー文庫編集部気付
「しめさば」先生
「ぶーた」先生

［スニーカー文庫公式サイト］ザ・スニーカーWEB　https://sneakerbunko.jp/